Alain Ruiz

LES OUBLIÉS DE LA CITÉ D'OR

TOME VI

Catalogage avant publication de Bibliothèque et Archives
nationales du Québec et Bibliothèque et Archives Canada

Ruiz, Alain, 1969-

Les oubliés de la cité d'Or

Sixième tome de la série Ian Flibus, l'écumeur des mers.
Pour les jeunes de 9 ans et plus.

ISBN 978-2-89595-442-2

I. Ruiz, Alain, 1969- . Ian Flibus, l'écumeur des mers. II. Titre.

PS8585.U528O82 2009   jC843'.6   C2009-941579-8
PS9585.U582O82 2009

© 2009 Boomerang éditeur jeunesse inc.

Auteur : Alain Ruiz
Illustrations : Sardine Productions
Graphisme : Julie Deschênes

Dépôt légal — Bibliothèque et Archives nationales du Québec,
3ᵉ trimestre 2009

ISBN 978-2-89595-442-2

Gouvernement du Québec — Programme de crédit d'impôt
pour l'édition de livres — Gestion SODEC

Boomerang éditeur jeunesse remercie la SODEC pour l'aide
accordée à son programme éditorial.

Nous reconnaissons l'aide financière du gouvernement
du Canada par l'entremise du Programme d'aide au
développement de l'industrie de l'édition (PADIÉ)
pour nos activités d'édition.

Imprimé au Canada

ASSOCIATION
NATIONALE
DES ÉDITEURS
DE LIVRES

À mes trois moussaillons,
Valentin, Laurayne et Kimberly

Table des matières

La Fleur de lys

LA MOMIE

Le capitaine Kutter et son équipage jouissaient enfin d'un moment de répit, près des côtes d'un îlot situé au beau milieu du golfe du Mexique. Deux jours plus tôt, ils avaient bien cru voir leur dernière heure arriver. En effet, ils avaient dû affronter un cyclone d'une force inouïe, telle une flotte de mille navires crachant leurs boulets de canon dans un tonnerre de feu. De toute leur vie de marins, jamais ils n'avaient vu des flots aussi déchaînés. Ils se demandaient encore comment ils avaient pu échapper à ce redoutable adversaire des océans. Pris au piège avec un gouvernail incontrôlable, ils s'étaient soudain retrouvés face à cette petite île sortie de nulle part, probablement complice de la tempête ; le genre d'embuscade qui réglait aussitôt le sort d'un navire en l'entraînant contre les rochers pour l'envoyer définitivement par le fond. Or *La Fleur de lys* s'y était presque laissé prendre comme tant d'autres bateaux avant elle. Mais par le plus grand des mystères, le cyclone avait brusquement dévié de sa trajectoire. Ce renversement de situation permit au timonier grec expérimenté de tourner la barre à temps pour éviter la collision.

Une fois les réparations effectuées, une grande partie de l'équipage prit une journée de repos bien méritée, à l'exception des hommes de quart qui s'occupèrent à de menus travaux en attendant la décision de la nouvelle route à prendre. Seule la Tête de mort de *La Fleur de lys* semblait loin d'en avoir terminé avec les réaménagements de son repaire.

« C'est toujours pareil ! protesta-t-elle depuis son drapeau. On ne m'écoute jamais. Je savais bien qu'un cyclone nous atteindrait si nous suivions ce cap. Contrairement aux pirates de pacotille qui manœuvrent ce bateau, j'ai un instinct infaillible... J'ai eu beau les avertir en leur envoyant un message par pigeon voyageur, cela n'a servi à rien. Le capitaine et sa bande d'incapables ne l'ont même pas lu. Bon, je reconnais leur avoir rendu la tâche difficile en transmettant un message codé et piégé. Néanmoins, depuis le temps, ils devraient savoir comment je travaille tout de même. Il ne faut pas oublier que je suis issue d'une famille d'agents secrets. Avec l'ennemi, on n'est jamais trop prudent. Je ne tenais pas à ce que des individus mal intentionnés puissent décoder mon message en l'interceptant. Voilà pourquoi, dans le texte, j'avais inversé toutes les lettres de l'alphabet, la lettre Z correspondant au A, et ainsi de suite. Mais à mon plus grand étonnement, nos deux savants n'ont pas réussi à déchiffrer le message dans les délais impartis. Quand le capitaine le leur a fait remettre, c'était déjà trop tard. J'avais équipé ma lettre d'un système de destruction automatique, mais sans danger pour leur vie. Le papier devait simplement se consumer après une exposition de deux minutes à l'air libre. Malheureusement, le matelot a tardé à porter le message, et les savants n'ont pas eu le temps d'en prendre connaissance. Le marin était à peine entré dans la cabine quand une explosion est survenue. Un incident dont je ne suis nullement responsable, je tiens à le préciser. Je ne pouvais pas prévoir que maître Chow serait en pleine expérience au moment de recevoir ma lettre piégée. Ce n'est pas ma faute si elle s'est consumée juste au-dessus d'un flacon qui contenait ce produit chimique inflammable. S'il avait pris soin de le refermer, le matelot n'aurait pas renversé la substance en tendant la lettre. Enfin, que voulez-vous, c'est ainsi. Par expérience, je sais qu'une mission ne se déroule jamais comme prévu, et les dommages collatéraux sont quelquefois inévitables. Quoi qu'il en soit, je persiste à dire que ces marins devraient m'écouter plus souvent! J'ai eu la frayeur de ma vie avec cette tempête. J'ai les os fragiles. Ils ont besoin d'être ménagés. Puis, c'est sans compter tous ces dégâts survenus dans mon repaire. Voilà déjà deux jours que je range sans relâche, au lieu de profiter du paysage, confortablement allongée sur ma banquette romaine du IIe siècle. Pour sûr, ces aventures aux quatre coins du globe sont loin de ressembler au séjour de rêve auquel je m'attendais!»

La malheureuse Tête de mort s'arrêta un instant en jetant son regard éploré vers le ciel bleu azur, puis elle se remit au travail tout en bougonnant.

Au même moment, sur les eaux, un morceau de bois de forme rectangulaire se rapprochait de la coque en se laissant transporter par le courant. À bord, personne n'avait remarqué sa présence, pas même Broton du haut de sa plateforme d'observation. En fait, cet objet flottant n'avait rien de très signifiant.

Mesurant à peine plus de cinquante centimètres de long et quinze de large, il pouvait bien provenir d'un tronc d'arbre arraché durant la tempête sur cet îlot situé à moins d'une encablure. La découpe du bois présentait cependant des caractéristiques d'un travail de taille, quoiqu'impossible à distinguer depuis le pont ou les hauteurs du grand mât. Broton était certes connu pour avoir une excellente vue, mais il scrutait le plus souvent l'horizon à l'affût d'une étendue de terre, d'une tempête en approche ou d'un navire. Il savait reconnaître tous ces signes évidents, mais un vulgaire morceau de bois flottant au gré du courant, cela n'avait rien de préoccupant pour lui.

À bord de *La Fleur de lys*, il y avait bien la jeune Ratasha et sa colonie de rats réputés pour leur capacité à prévoir le danger. Pourtant, la présence de cet objet rectangulaire n'éveilla chez eux aucune alerte. Mais qui sait si leur instinct de rongeurs ne s'était pas atténué avec le temps ? Le sortilège qui les avait soudainement rapprochés des hommes en leur donnant l'usage de la parole les avait peut-être progressivement détachés de leur nature animale. Sauf si, en fin de compte, ce morceau de bois ne présentait pas de réelle menace. Dans ce cas, seul un collectionneur d'objets rares et insolites aurait été susceptible de s'y intéresser. Or, sur *La Fleur de lys*, en dehors des deux savants continuellement à l'affût de nouvelles découvertes, seule la Tête de mort figurait dans la catégorie de ceux qui ramassent tout et n'importe quoi.

Occupée dans son rangement, elle n'avait pas encore remarqué l'étrange morceau de bois qui flottait près de la coque. Soudain, alors qu'elle époussetait son tapis persan devant son drapeau, elle s'écria :

« Tiens ! Que vois-je à la surface ? On dirait presque le coffret dans lequel je range le vieux fémur de grand-mère. Aurait-il pu être emporté durant la tempête sans que je m'en rende compte ? Vite, je dois m'en assurer ! »

Lâchant tout à coup son lourd tapis qui s'abattit sur Broton situé à quelques mètres en dessous, la Tête de mort regagna prestement l'intérieur de son drapeau. Sans tarder, elle ouvrit le compartiment secret dans lequel elle cachait la précieuse relique familiale depuis le dernier incident[1]. Ses orbites s'élargirent de soulagement.

« Ouf ! Mon coffret est toujours là. Pour sûr, je peux me féliciter de lui avoir trouvé un endroit sécuritaire. Me voilà récompensée de mes mesures préventives. »

Sur ces réjouissances, la Tête de mort resongea à ce morceau de bois qu'elle avait aperçu près de la coque. Intriguée, elle rangea délicatement son coffret à sa place, puis elle se saisit de sa longue-vue formée à partir d'un os évidé. Elle la pointa ensuite vers la surface pour observer l'étrange objet.

« À première vue, cela ressemble à un vulgaire morceau de bois, mais ses pourtours

---

[1] Voir le tome 3, *La ligue des pirates*.

me paraissent bien droits, comme s'il s'agissait de marques de tailles effectuées par un artisan. Il me semble même apercevoir un symbole géométrique au centre, mais je n'en suis pas sûre. Ma longue-vue n'est pas assez puissante pour un si petit détail. »

L'intrépide Tête de mort suspendit son geste et réfléchit rapidement au problème. Gagnée par la curiosité, elle alla chercher sa canne à pêche et remplaça l'hameçon par un petit filet de sa fabrication. Jamais à court d'imagination, elle avait conçu plusieurs accessoires adaptables à sa canne pour répondre aux différents besoins du moment. Ne pouvant pas quitter son drapeau, il fallait bien qu'elle trouve le moyen de remonter tout ce qu'elle jugeait utile à son confort.

Bientôt, le petit filet de pêche toucha la surface, non loin du morceau de bois. La Tête de mort attendit alors que le courant l'entraîne au point de rencontre, puis elle le remonta avec précaution. Ce fut seulement à ce moment qu'elle remarqua la présence de son tapis persan qu'elle avait laissé tomber sur le malheureux Broton, un peu plus bas. Ne pouvant pas le récupérer dans l'immédiat, elle jura de s'en occuper une fois le mystérieux objet en sécurité dans son drapeau. Ce tapis n'avait pas vraiment de valeur sentimentale, mais elle y tenait suffisamment pour ne pas s'en défaire. C'était l'unique couleur qu'elle avait trouvée dans les tons de sa décoration intérieure. Voyant soudain le marin à la vigie se relever, elle ne prit pas de risque et avisa son seau d'eau à proximité. Sans hésiter, elle tendit son bras osseux tout en retenant la canne de l'autre main et relâcha le seau juste au-dessus de Broton. Ce dernier n'était pas encore debout lorsqu'il sentit cette nouvelle douleur à la tête. Les bras posés sur la rambarde de bois pour se retenir, il lâcha prise et s'écroula une nouvelle fois sur sa plateforme d'observation.

Satisfaite de son initiative et de sa rapidité dans les situations d'urgence, la malicieuse

Tête de mort reporta enfin son attention sur l'objet qu'elle venait de récupérer. Sans perdre un instant de plus, elle le remonta jusqu'à son drapeau et le dégagea de son filet.

« Par mon os occipital ! Ce que je viens de repêcher est loin d'être un vulgaire morceau de bois. On dirait une sorte de coffret. »

La Tête de mort de *La Fleur de lys* était si émerveillée par sa découverte qu'elle en oublia son tapis persan. Elle examina l'objet dans tous les sens avant d'entendre un léger bruit, comme s'il provenait de l'intérieur du bois. Intriguée, elle secoua le coffret et sentit effectivement quelque chose bouger. Remarquant alors une petite fente sur les côtés, elle parvint sans peine à ouvrir le couvercle et s'exclama aussitôt :

« Par le vieux fémur de grand-mère ! C'est un sarcophage avec la réplique miniature d'une momie. Qui sait ? Il contient peut-être de l'or ou des joyaux… »

Sous l'emprise de la convoitise, la Tête de mort souleva la poupée de tissu, la tâta de la tête aux pieds, puis regarda dans tous les recoins du petit sarcophage. Elle ne trouva aucun objet de valeur, en tout cas rien qui puisse laisser croire à la présence de richesses. Visiblement déçue, elle ne put s'empêcher de pester :

« Encore une fois, je l'ai eu dans l'os. À coup sûr, c'est une manœuvre de Ratasha. Cette jeune rate pirate est la pire rate que j'aie eu à rencontrer. Elle a sans doute découvert que j'étais à l'origine de la disparition de son journal intime, et elle a voulu se venger en me jouant ce tour[2]. Par chance pour elle, je suis bonne joueuse. Je ne chercherai donc pas à répliquer. Disons que nous sommes quittes. Pour cette fois, du moins. À partir de maintenant, on repart à zéro, mais à la prochaine farce du genre, je riposterai avec la plus grande

---

[2] Voir le tome 5, *L'escarboucle des Sages*.

fermeté... Pff! Tu parles d'une découverte! Même étant petite, je n'aurais pas voulu d'une poupée aussi moche que cette momie de pacotille. Regardez-moi sa tête et toutes ces vieilles bandelettes qui la recouvrent! C'est d'une laideur, je vous jure. Allez, ouste! Hors de ma vue!»

La Tête de mort s'apprêta à reposer la petite momie dans son sarcophage pour rejeter le tout à la mer quand, au même moment, elle crut entendre un murmure. Elle suspendit son geste et se retourna en croyant que quelqu'un s'était introduit dans son repaire. Elle ne vit personne cependant. Plus ou moins rassurée, elle reporta finalement son regard sur la momie, et à sa grande stupeur, elle la vit ouvrir les yeux.

«MAMAN! QUELLE HORREUR! hurla-t-elle en lâchant tout. J'AI FAIT ENTRER UN ESPRIT DIABOLIQUE DANS MON DRAPEAU!»

Tombée face au plancher, la momie resta immobile un instant avant de se redresser tout doucement vers celle qui l'avait libérée. Horrifiée, la Tête de mort s'écria :

« Ça y est, je sens que je perds les os ! Je comprends maintenant ce que peut ressentir une femme enceinte quand elle perd les eaux. Je ne voudrais pas faire de l'esprit, mais j'ai une sainte horreur des esprits malins. Ils me terrorisent au plus haut point, car on ne sait jamais d'où ils viennent et quel mal ils sont capables de vous faire. »

Sans plus attendre, la Tête de mort attrapa son balai et tenta de frapper de toutes ses forces sur la petite momie, qui esquiva les coups avec une souplesse surprenante.

« Tiens, prends ça, misérable antiquité poussiéreuse ! Tu en veux encore ? Voilà ! »

Ne voyant soudain plus son adversaire, la Tête de mort s'arrêta.

« Où es-tu passée ? Allez, montre-toi que je t'en redonne encore ! Tu as peur, hein ? Tu ne t'attendais pas à ça, avoue-le ! Tu sauras que je suis la tête pensante sur ce bateau. L'esprit le plus évolué et le plus capable de résoudre les problèmes, quels qu'ils soient. »

Sur ses gardes, la Tête de mort releva son arme de fortune en tenant le manche devant elle quand la momie jaillit brusquement de derrière les branches de genêt du balai où elle s'était accrochée. Sous l'effet de la surprise, la Tête de mort lâcha le manche en poussant un cri d'effroi puis attrapa tous les objets qu'elle trouva à proximité pour les jeter sur son adversaire. Très vite, son repaire se retrouva à nouveau sens dessus dessous. Tout le travail entrepris depuis deux jours pour remettre de l'ordre se trouva anéanti en un instant. Aussi, quand la malchanceuse Tête de mort réalisa l'ampleur des dégâts, sa fureur devint si forte qu'elle se saisit du balai avec rage et frappa à l'aveuglette. La momie maléfique, qui venait de jaillir pour s'agripper à sa victime, fut touchée de plein fouet et vola directement hors du drapeau.

« ÇA Y EST, JE L'AI EUE ! JE SUIS LA
MEILLEURE ! LA REINE DU BALAI ! »

Sans plus attendre, la victorieuse Tête de
mort attrapa le sarcophage et son couvercle,
puis elle jeta le tout à la mer.

« ET QUE JE NE TE REPRENNE PLUS
À VENIR DANS LES PARAGES ! OU TU
GOÛTERAS ENCORE À MON BALAI… Non,
mais ! Il ne faut quand même pas abuser. Esprit
ou pas, le tarif est le même pour tous. Mon
drapeau n'est pas ouvert aux visiteurs, qu'ils
viennent d'ici-bas ou de l'au-delà ! »

Sur ces paroles prononcées haut et fort, la
Tête de mort se frotta vigoureusement les mains
en signe de bon débarras, avant de regagner
fièrement son repaire pour y remettre de
l'ordre une fois pour toutes.

PANIQUE GÉNÉRALE

Sur le pont de *La Fleur de lys*, les marins de quart vaquaient à leurs tâches dans un esprit joyeux et chantant. Le souvenir de la terrifiante tempête était encore frais dans les mémoires, mais le bleu azur qui tapissait le ciel depuis deux jours procurait à tous un bienêtre profond. Il leur rappelait l'importance de profiter pleinement de chaque jour car, à tout moment, la mer pouvait les emporter au beau milieu d'une tempête ou d'un combat naval. Pour sûr, la vie de marin n'était pas de tout repos, mais c'était celle qu'ils avaient choisie. Plusieurs d'entre eux avaient certes été un peu forcés par le destin en fuyant la misère, mais après quelque temps passé sur *La Fleur de lys*, il ne s'en trouvait pas un seul qui souhaitait vivre ailleurs. Les liens d'amitié qui s'étaient tissés durant ces longs mois sur les mers étaient devenus si forts que rien au monde ne pouvait les briser. Du moins, jusque-là.

Riant de bon cœur aux blagues de Cenfort et Martigan, qui n'étaient pas en reste dans ce domaine, l'équipage était à mille lieues de se douter qu'un esprit maléfique venait de monter à bord.

Assis à cheval sur le bastingage pour réparer une échelle de corde, Porouc écoutait d'un air amusé l'histoire contée par ses compagnons. Soudain, il entendit un bruit étrange sous ses pieds. Il porta machinalement son regard vers le bas, quand il aperçut une mystérieuse forme agrippée à la coque. Il se pencha alors pour mieux observer, mais la forme tomba à l'eau juste à ce moment et disparut de son champ de vision. Sur le coup, le cordier pensa qu'il s'agissait d'un poisson volant comme il en avait déjà vu en parcourant les mers. Le sourire aux lèvres, il continua donc son travail, mais à peine avait-il relevé la tête qu'un autre bruit résonna contre le bois. Il regarda encore sous son pied suspendu dans le vide et, cette fois, il vit une sorte de petit être à deux jambes courir à toute vitesse le long de la coque, sans subir les lois de la pesanteur. Stupéfait, le marin resta bouche bée en le voyant passer puis lever la tête vers lui avec ses deux yeux rouges diaboliques. Horrifié, Porouc faillit perdre connaissance, tandis que la créature entrait par l'un des sabords, resté ouvert. En un instant, il crut revoir ses dernières années défiler devant ses yeux. Toutes ses peurs, toutes ses phobies les plus noires ressurgirent tout à coup comme si sa vie n'avait été qu'une série de mauvais présages. Ses malheurs étaient si fréquents depuis son enfance qu'il avait l'impression de les attirer tel du crottin bien frais appâtant toutes les mouches du coin.

Toutefois, par un instinct de survie inexplicable, Porouc parvint à se retenir *in extremis* au cordage pour ne pas tomber à l'eau et regagna le pont en hurlant de toutes ses forces :

— AU SECOURS, À MOI ! J'AI VU UN DÉMON. IL EST VENU POUR M'ENTRAÎNER DANS LES ENFERS. SAUVEZ-MOI, JE VOUS EN SUPPLIE ! NE LE LAISSEZ PAS M'EMPORTER !

Surpris par ces cris, tous les marins suspendirent leurs gestes et se tournèrent vers leur ami devenu brusquement hystérique.

— Voyons, Porouc, qu'est-ce qui te prend ? Calme-toi ! intervint Le Bolloch. Tu ne vas pas recommencer avec tes histoires de démons. Il suffit, à la fin ! On riait bien là, et toi, tu viens tout gâcher encore une fois.

— MAIS JE VOUS DIS LA VÉRITÉ, CROYEZ-MOI ! répliqua le cordier d'une voix tremblante. Ce démon était bien réel, je vous jure. Je l'ai vu comme je vous vois, courant le long de la coque avec ses deux yeux rouges maléfiques tournés vers moi…

— Bon, ça va, on a compris ! coupa Le Bolloch en s'adressant à ses compagnons. Ce n'est rien, ne faites pas attention à lui. Il est certainement tombé sur la tête ou bien c'est le soleil qui a tapé trop fort sur son crâne. Reprenons notre...

Le maître-voilier s'interrompit en entendant des cris s'échapper par l'écoutille qui donnait dans le compartiment aux animaux. Dans les voix affolées se mélangeaient le caquètement des poules et le meuglement de la vache. L'effet était si déchirant que tous songèrent à un début d'incendie. Sans plus attendre, les plus proches coururent vers l'écoutille pour porter secours aux bêtes quand, soudain, ils sursautèrent en voyant jaillir une petite créature qui jeta un rire effroyable avant de disparaître derrière un tonneau.

— UN DÉMON ! POROUC AVAIT RAISON ! cria un matelot.

Cette fois, la panique s'empara de tout l'équipage. Les plus superstitieux filèrent sans demander leur reste, tandis que les plus courageux se saisirent prestement de leurs armes. D'un pas prudent, Le Bolloch en tête, ils s'approchèrent du tonneau en passant par les côtés. Mais à peine furent-ils arrivés que la créature bondit et s'accrocha au cordage. Plusieurs coups de feu partirent aussitôt.

— Je crois qu'on l'a eue ! annonça Mumbai.

— Non, on l'a manquée ! rétorqua un autre marin. Je l'ai vue grimper par le grand mât et se cacher dans la voilure. Cette créature se déplace à une vitesse incroyable !

— Tu la vois encore d'où tu es ? demanda Le Bolloch.

— Non, mais elle est là-haut, j'en suis sûr ! assura le marin en pointant son doigt.

Un bref silence s'installa sur le pont. Tandis que, sur la passerelle de commandement, Flibus s'informait de l'origine des coups de feu, chacun réfléchissait au moyen de se débarrasser de cet étrange envahisseur. Le Bolloch intervint le premier :

— En grimpant par les échelles de corde, à bâbord et tribord, nous pourrons facilement l'encercler et l'empêcher de fuir. C'est la meilleure solution, croyez-moi ! Peu importe qui elle est et d'où elle vient, cette créature ne nous échappera pas cette fois. Allons-y !

Munis de leurs sabres et de leurs pistolets, les marins se divisèrent en deux groupes et grimpèrent prestement par les côtés. Les premiers arrivés s'accrochèrent aussitôt à la vergue du grand mât puis commencèrent à se rapprocher de l'endroit signalé. Vigilant, Le Bolloch sortit son sabre, vite imité par Yasar qui avançait par l'autre extrémité. De leur position, ils ne voyaient toujours pas la créature, probablement dissimulée dans les plis de la voilure qui avait été remontée jusqu'à la vergue. Ils restèrent donc sur leurs gardes au cas où elle jaillirait encore. Les autres marins, eux, attendaient sur les échelles de corde, en renfort, prêts à ouvrir le feu au besoin.

Tout en avançant, Le Bolloch remarqua enfin du mouvement dans la voilure et avertit aussitôt son compagnon d'en face par un signe de la main. Il n'y avait plus aucun doute. La créature était bien là, cachée. À cet instant précis, l'angoisse s'empara des deux hommes. Ils avaient déjà vu tant de choses étranges depuis qu'ils naviguaient sur *La Fleur de lys* que tout était devenu possible. Ce petit être pouvait paraître inoffensif à première vue, mais son rire diabolique et ses yeux rouges ne laissaient rien présager de bon. Aussi, Le Bolloch ne prit aucun risque. Il planta aussitôt son sabre à plusieurs reprises dans la voile pliée en criant de rage, sans se soucier des dégâts qu'il causait. Il ne voulait pas laisser cette créature s'échapper encore et s'en prendre sauvagement à l'équipage. La voilure pouvait être facilement remplacée, mais pas la vie de ses compagnons, ni la sienne d'ailleurs. Et il avait autant envie de vivre que les autres. Il était si déterminé à en finir qu'il ne sut combien de fois il planta son sabre. Épuisé, il finit par s'arrêter sous les regards compréhensifs de ses amis, attendant le verdict avec impatience.

— Je crois bien qu'on l'a eue cette fois ! annonça alors le marin breton en glissant son sabre dans sa ceinture.

— T'en es sûr ? lança Porouc depuis le pont, une main placée en porte-voix près de sa bouche.

— Puisque je vous le dis ! Avec tous les coups que je lui ai servis, son compte est bon.

— Tu vois son sang sur la lame de ton sabre ? insista le cordier.

Cette fois, Le Bolloch hésita à répondre. Il n'avait effectivement pas remarqué de sang, ni sur son sabre, ni sur la voilure. Et s'il s'était trompé finalement ? Le doute s'installa soudain dans son esprit, mais il donna tout de même une explication :

— Avec sa petite taille, un seul coup a dû suffire pour l'atteindre mortellement. Si on hisse la voile, je suis sûr qu'on verra du sang partout et que la créature tombera sur le pont sans vie.

Sur ces paroles, le marin breton demanda l'aide de ses compagnons et, ensemble, ils firent descendre la voilure qui laissa aussitôt apparaître plusieurs déchirures très nettes. Ils ne virent cependant pas la moindre trace de sang, ni le corps de la créature qui était censée chuter sur le pont. Le Bolloch en fut le premier surpris, avant de réaliser que la créature était toujours en vie, tout près, sans doute prête à bondir sur lui. Alerté, il se saisit du sabre qu'il venait à peine de ranger, mais le temps de le tirer de sa ceinture, la créature jaillit de derrière la vergue où elle s'était cachée et sauta sur lui en lançant un cri féroce. Le marin ne put empêcher l'assaut et bascula dans le vide. Heureusement, il eut le réflexe de s'agripper à la voilure qui se déchira davantage sous son poids, tandis que la momie sautait sur l'échelle de corde. Des coups de feu retentirent aussitôt dans sa direction, mais une nouvelle fois, elle esquiva les balles avec une agilité déconcertante. Passant d'un cordage à l'autre, elle s'accrocha finalement à la mâture, puis bondit sur une autre vergue en se dirigeant vers Yasar. Surpris de la voir arriver aussi vite, le marin n'eut même pas la possibilité de la frapper avec son sabre. Le coup qu'il reçut en plein visage lui fit perdre l'équilibre et il bascula à son tour dans le vide. Par chance, son pied s'accrocha à un cordage et il resta suspendu la tête en bas sous les regards effrayés de ses compagnons.

Ce nouvel incident suffit à accentuer la panique au sein de l'équipage, chacun cherchant à échapper aux assauts de la créature qui sautait sur tout ce qui bougeait en poussant des cris effroyables.

Observant la scène depuis le gaillard d'arrière, Flibus eut beau ordonner aux matelots de garder leur sang-froid, personne ne l'écouta. Se tournant alors vers Corsarez, il hocha la tête de désespoir, tandis que le capitaine Kutter sortait de sa cabine. Poussé par son fidèle Bristol, le commandant de *La Fleur de lys* resta stupéfait en voyant ses hommes courir dans toutes les directions. Il leur hurla de s'arrêter, mais rien n'y fit. De toute évidence, ils étaient bien trop horrifiés pour entendre raison. Il n'en perdit pas pour autant sa colère, surtout quand il remarqua la voilure du grand mât déchirée à plusieurs endroits. Ses mains s'agrippèrent si fortement à ses accoudoirs qu'il faillit les arracher de rage. Sans plus attendre, il guida lui-même sa chaise roulante et se tourna vers la passerelle de commandement en criant vers son second pour qu'il rétablisse la discipline sur son navire.

Flibus n'ouvrit pas la bouche et se contenta de tendre les bras devant l'ampleur du désastre. Il ne voyait pas ce qu'il pouvait faire de plus, à part attendre que l'équipage se calme de lui-même. Il était cependant loin de se douter que les événements prendraient une tournure aussi inattendue. Notant soudain la position de

Cenfort et Martigan qui couraient dans la même direction, il les suivit du regard en s'interrogeant sur leurs intentions. Il ne prêta même plus attention aux réprimandes du capitaine, le visage rouge comme une écrevisse. Ce dernier était si agité que ses mains ne cessaient de s'ouvrir et de se refermer telles les pinces d'un crabe cherchant à agripper sa proie.

— Tiens, aide-moi à tourner ce canon ! commanda Martigan en tirant son ami par le bras.

— Mais que veux-tu en faire ? demanda Cenfort.

— Il n'y a qu'un canon qui pourra nous débarrasser de cette créature…

— QUOI ! TU VEUX QU'ON LUI TIRE DESSUS AVEC ÇA ! MAIS TU ES TOMBÉ SUR LA TÊTE, MA PAROLE !

— Mais non, c'est notre seule chance de l'avoir, je te dis. Allez, dépêche-toi d'enlever ces attaches de l'autre côté !

Fixant l'unique œil de son ami, Cenfort y discerna la plus grande conviction.

— Je ne sais pas si je fais bien de t'écouter, Martigan, mais tu as raison. On va leur montrer à tous de quoi on est capables avec ce canon. Cette créature va regagner les enfers sans avoir eu le temps de réaliser ce qui lui est arrivé, tu vas voir...

Les deux acolytes détachèrent alors les derniers liens et tournèrent le canon vers l'intérieur du pont sous le regard ébahi de Flibus qui avait compris leurs intentions. Il ne chercha pas à les arrêter cependant. Il avertit simplement Corsarez pour qu'il ne manque rien de l'opération.

Martigan et Cenfort se dépêchèrent de charger le canon, puis ils attendirent le moment propice pour faire feu. La créature n'avait rien perdu de sa férocité. Elle continuait de terroriser les hommes d'équipage en leur criant après ou en sautant sur eux comme une bête enragée. Elle se déplaçait si rapidement qu'il

était bien difficile de la viser. Elle grimpa finalement sur un tonneau en levant ses petits bras
vers un marin allongé sur le pont.

— C'est le moment, vite! lança Martigan.
Aide-moi à tourner le canon plus vers la droite.

Les deux hommes ne perdirent pas de
temps. Une fois face à la créature, le marin
borgne inclina le canon dans la position souhaitée, puis tira sans avertissement. Le boulet
partit à une vitesse foudroyante et fit voler en
éclats le tonneau rempli d'eau avant de toucher
légèrement la base du grand mât et de filer
vers la mer.

— MAIS ON NOUS TIRE DESSUS?
s'alarma le capitaine Kutter, mal placé pour
voir les initiateurs de ce désastre. TOUS LES
HOMMES AU POSTE DE COMBAT!

Visiblement dépassé par les événements,
Flibus ne chercha même pas à aviser son capitaine, ni à arrêter les deux marins. Jamais,
dans sa jeune carrière, il n'avait vécu une telle

situation et il réalisa tout à coup qu'il avait encore beaucoup à apprendre.

— Zut, on l'a manquée ! pesta Martigan en voyant la créature disparaître derrière le grand mât. Rechargeons le canon, vite !

— Écoute, je ne crois pas que ce soit une si bonne idée, en fin de compte, déclara Cenfort, au milieu des hurlements et des tirs de pistolet. Si ça continue, nous allons nous saborder…

— Mais non, t'inquiète, je sais très bien ce que je fais ! On va l'avoir, je te dis.

— OH, REGARDE ! LA REVOILÀ PERCHÉE SUR LE BASTINGAGE ! avertit Cenfort.

— Tu vois, on a encore une chance ! Allez, aide-moi !

Les deux hommes placèrent aussitôt la seconde charge et tournèrent le canon vers la gauche pour viser la rambarde opposée. Martigan enclencha finalement la mise à feu sous les regards stupéfaits de Flibus et Corsarez. Le boulet traversa tout le pont en un instant et frappa de plein fouet la créature, qui eut à peine le temps de tourner la tête en éructant :

— Ho ! Ho !

Sous la force de l'impact, la petite momie fut projetée dans les airs, bien agrippée au boulet, en direction de l'îlot. Étrangement, elle sembla satisfaite d'être ainsi transportée ; en voyant la falaise se rapprocher à toute vitesse, elle se permit même de lancer un joyeux « YAHOUUU ! »

Peu après, le boulet s'abattit sur la roche en expédiant des débris dans toutes les directions.

— CE N'EST PAS CROYABLE, ILS L'ONT EUE ! annonça tout haut Gravenson, en tapant du plat de la main sur le bois du bastingage.

— T'en es sûr ? demanda Le Bolloch.

— Et comment ! Le boulet l'a carrément envoyée s'écraser contre la falaise de cet îlot.

— Moi aussi, je l'ai vue, confirma un autre matelot. Cette créature a vraiment eu son compte cette fois.

— HIP ! HIP ! HIP !

— HOURRA !

Aussitôt, les membres d'équipage se lancèrent vers les deux héros et les portèrent en triomphe sous les rires et les applaudissements. Ils ne s'étaient jamais sentis aussi soulagés d'être débarrassés d'un ennemi.

LA VAGUE DÉFERLANTE

Sur la passerelle de commandement, Flibus et Corsarez se regardèrent en soufflant de soulagement, tandis que le capitaine Kutter exigea un rapport sur-le-champ.

— Nous allons tout vous expliquer, capitaine ! assura le quartier-maître avant d'apercevoir maître Chow qui avançait d'un pas rapide avec une longue-vue à la main.

Accompagné de maître Fujisan, le savant chinois s'écria soudain :

— Regardez ce qui se passe sur l'île ! L'impact du boulet a créé une fissure sur la falaise.

Le temps de se rapprocher du bastingage, le capitaine s'exclama à son tour :

— Par ma barbe rousse ! Des morceaux de roche se détachent carrément de la falaise maintenant.

Le bruit causé par le frottement de la pierre et la chute dans l'eau attira cette fois le regard de tous les marins, qui se tournèrent un par un pour observer la scène. Étonnés du résultat engendré par leur action, mais toujours ravis d'être devenus des héros aux yeux de leurs compagnons, Martigan et Cenfort en profitèrent pour se vanter des dégâts qu'ils étaient capables d'infliger à l'ennemi. Pourtant, ils perdirent vite leur sourire béat lorsqu'un énorme pan de la falaise se détacha et glissa lourdement dans la mer. Une vague de plusieurs mètres de haut commença alors à se former en se dirigeant droit vers le bateau.

— NOUS ALLONS ÊTRE ENGLOUTIS ! hurla Porouc.

— IL A RAISON ! cria un autre matelot. CETTE VAGUE VA NOUS FAIRE CHAVIRER.

Sur ces paroles, les marins qui soutenaient les deux responsables de cette catastrophe les laissèrent aussitôt tomber sur le pont.

— Vite, maître Fujisan, le grimoire! s'exclama le savant chinois en se dépêchant de regagner sa cabine.

La vague avait déjà parcouru plus de la moitié de la distance entre l'île et le bateau quand les deux savants ressortirent avec leur vieux livre.

— Vous savez quel sortilège utiliser? s'enquit maître Fujisan.

— Oui. Attention, écartez-vous!

Sans plus attendre, le savant chinois prononça la formule souhaitée en tenant le grimoire vers le bas:

— *CULBUTUS!*

L'instant d'après, le livre s'ouvrit et libéra une fumée verdâtre qui imprégna le bois du pont.

— ACCROCHEZ-VOUS! lança Flibus en entraînant Corsarez pour qu'ils se retiennent ensemble à la rambarde de la passerelle.

Tous les marins en firent autant en s'agrippant au bastingage ou au gréement. Sur sa chaise roulante, le capitaine Kutter se baissa pareillement, la tête sur ses genoux, tout en se retenant fermement à un cordage, tandis que le solide Bristol assura sa prise en l'entourant avec ses bras. Maître Chow, lui, préféra regagner sa cabine pour être auprès de sa nièce, mais il s'arrêta brusquement en la voyant arriver.

— Oncle Huan, que se passe-t-il?

— Mais que fais-tu là, Lin Yao? Je t'avais dit de rester dans la cabine.

— ATTENTION! LA VAGUE VA NOUS FRAPPER! avertit tout à coup un marin.

— HAAAA! ONCLE HUAN, JE GLISSE!

— LIN YAO, NON!

La proximité de la vague géante avait déjà produit à la surface de l'eau une onde qui commençait à incliner dangereusement le navire. Alerté, Flibus sauta de la passerelle de commandement et se lança prestement au secours de la nièce du savant. Il parvint à l'attraper par le bras au moment où un tonneau roulait vers elle et l'écarta à temps, avant de ressentir une douleur au mollet. La suite se passa très vite. La vague frappa peu après le navire, qui chavira brusquement. Des hurlements s'élevèrent de la poupe à la proue ainsi qu'au niveau des ponts inférieurs où se trouvaient le reste de l'équipage et les animaux. Chacun se retint comme il put sous la force de la trombe d'eau et de l'inclinaison. Puis, contre toute attente, *La Fleur de lys* se redressa subitement en se balançant de bâbord à tribord pour finalement se stabiliser.

Agrippé à un cordage relié au grand mât, maître Chow se releva en criant de désespoir :

— LIN YAO !

Le savant chinois n'entendit aucune réponse, ce qui accentua sa crainte.

— PAR LA GRANDE MURAILLE, LIN YAO, RÉPONDS-MOI, JE T'EN SUPPLIE !

Une voix s'éleva soudain à tribord.

— Je suis là, oncle Huan !

Apercevant le bras levé de sa nièce, en partie dissimulée par un tonneau, maître Chow traversa précipitamment le pont, suivi par son confrère japonais. À leur arrivée, ils virent Flibus qui aidait Lin Yao à se relever.

— Par miracle, vous n'avez rien ! se réjouit le savant chinois. J'ai cru un instant que vous étiez tous les deux passés par-dessus bord.

— Il s'en est fallu de peu, reconnut Lin Yao. Sans l'intervention de Flibus, ce tonneau m'aurait écrasée ou fait tomber à la mer.

— Je ne sais comment vous remercier, mon jeune ami. Vous avez sauvé ma nièce, et je vous en serai éternellement reconnaissant.

— Voyons, maître Chow, vous ne me devez rien, répondit humblement le second du capitaine en grimaçant de douleur. Sur ce bateau, nous formons une famille. Nous prenons donc tous soin les uns des autres.

— Vous avez raison, mais je resterai toujours votre obligé. Sans vous, j'aurais perdu ce que j'ai de plus cher au monde.

Tout en prononçant ces mots, maître Chow enlaça fortement sa nièce qui l'entoura à son tour par la taille, les larmes aux yeux et le cœur heureux.

— Seriez-vous blessé ? s'inquiéta maître Fujisan en remarquant son jeune ami qui se tenait le mollet.

— Ce n'est rien, juste un muscle froissé probablement.

— Voulez-vous que j'appelle le docteur Rogombo ?

— Non, ce ne sera pas utile. La douleur va passer. Je vais plutôt m'assurer que personne ne manque à bord et qu'il n'y ait pas de blessés.

Après avoir échangé un sourire amical avec le savant japonais, Flibus s'éloigna et parcourut le pont en boitillant. Il lança aussitôt un appel général. Il ne tarda pas à recevoir le rapport d'Ostrogoff, qui confirma la présence de tous les marins. Le greffier russe mentionna également le nombre de blessés, tout en reportant studieusement ces informations par écrit dans son livre de comptes.

Une fois qu'ils eurent repris leurs esprits, plusieurs marins se demandèrent comment ils avaient pu échapper au naufrage. Tout aussi curieux d'en savoir plus, le capitaine Kutter réunit l'équipage et questionna les deux savants qui ressortaient de leur cabine après avoir pris soin de ranger précieusement leur grimoire.

— Mais quel était ce sortilège qui nous a sauvés de cette vague géante ? leur demanda-t-il.

— C'est un sortilège basé sur le principe du *culbuto*, expliqua maître Chow.

— Le cubuldo ? s'étonna tout haut Cenfort.

— Mais non, tête de poulpe, ce n'est pas cubuldo ! reprit Martigan. Il a dit cultubo.

— Cultubo ! Mais d'où ça vient, ce nom-là ?

— C'est en rapport avec la culture, je crois, répondit Martigan.

— La culture ! Mais la culture de quoi ? De patates ?

— Eh bien… Oh, mais tu m'énerves avec toutes tes questions ! Comment veux-tu que je le sache, enfin ? Je n'ai pas la science infuse. Cultubo, ça vient de culturel, un point c'est tout !

Maître Chow, qui avait à peine fait attention aux commentaires des deux marins, poursuivit :

— En Chine, nous avons un jouet connu sous le nom de *budaoweng* qui signifie « vieil homme ne tombe pas ». Il représente un personnage dont la base arrondie est lestée de façon à ce que le jouet se redresse toujours lorsqu'on le renverse.

— Mais oui ! s'exclama soudainement maître Fujisan. Nous avons aussi ce type de jouet au Japon. Nous l'appelons *okiagari-koboshi*.

— C'est bien possible, cher ami, admit le savant chinois, mais je vous arrête tout de suite ! Notre jouet est plus ancien que le vôtre, tenez-vous-le pour dit !

— Voyons, maître Chow, quelle mouche vous a piqué tout à coup ? Je n'avais nullement l'intention d'affirmer le contraire.

— Permettez-moi d'en douter.

— Plaît-il ? Vous m'offensez…

— Ah non ! Maître Fujisan, je vous en prie ! Vous ne m'abuserez pas cette fois. Je savais que vous sauteriez sur l'occasion pour prétendre que votre *culbuto* a été inventé avant le nôtre, c'est pourquoi je vous ai devancé. Je vous connais trop bien.

— Détrompez-vous, maître Chow ! Vous me connaissez mal, au contraire.

— Point du tout !

Les deux savants se rapprochèrent brusquement, le visage face à face.

— OH ! MAIS VOUS ALLEZ ARRÊTER, À LA FIN ! s'emporta le capitaine Kutter. Voyons, messieurs, un peu de retenue ! Vous n'allez pas vous disputer alors que vous venez de nous sauver la vie.

— Le capitaine a raison, enchaîna Flibus. C'est à vous deux que revient tout le mérite. Qui sait où nous serions sans votre aide ? Maintes fois, vous nous avez sortis de situations périlleuses, et je vous en remercie en notre nom à tous !

— POUR NOS DEUX SAVANTS ! cria soudain un marin. HIP ! HIP ! HIP !

— HOURRA !

Devant cet élan de reconnaissance, maître Chow et son confrère japonais s'échangèrent cette fois une généreuse poignée de main, le sourire aux lèvres.

Martigan s'empressa cependant de commenter en se tournant vers son acolyte :

— J'aurais bien aimé voir jusqu'où nos deux savants étaient prêts à aller dans leur dispute.

Dommage que le capitaine les ait arrêtés avant. Ça aurait été marrant qu'ils nous montrent leur façon de se battre avec leurs mains et leurs jambes, comme ils font dans leurs pays. Comment ça s'appelle déjà, leur technique de combat ? Ah ! Zut ! Aide-moi, Cenfort ! Tu vois ce que je veux dire ?

— Oui, oui, les arts manchots !

— Voilà, c'est ça, les lézards marchent-haut... C'est probablement une technique de combat inspirée du comportement des lézards.

— Ah bon ! Tu crois ?

— Si je te le dis, l'ami. Je m'y connais en lézard...

— MARTIGAN ! CENFORT ! intervint brusquement Corsarez en posant ses mains sur l'épaule des deux acolytes.

— Oui, monsieur, répondit Martigan en ayant soudain un mauvais pressentiment.

— J'ai le plaisir de vous annoncer que vous venez de gagner le premier prix de corvée de patates.

— Mais pourquoi, monsieur? On n'a rien fait de mal! assura Cenfort.

— Ça vous apprendra à encourager la bagarre à bord.

— Mais c'est lui qui...

— Ne discutez pas les ordres! Je suis votre maître d'équipage. Corvée de patates pour tous les deux, je vous dis! Comme vous ne semblez pas être capables de prononcer correctement les arts martiaux, vous pour-rez au moins nous montrer comment vous pratiquez l'art de l'épluchage...

Sur ces paroles, les éclats de rire fusèrent sur le pont, chacun félicitant à tour de rôle leurs amis qui, encore une fois, avaient manqué une occasion de se taire. Cela n'empêcha pas Martigan d'argumenter pour éviter la peine:

— Bon, d'accord, on a eu tort! Mais ne nous mettez pas de corvée de patates, par pitié! Le chef Piloti est un vrai tyran dans sa coquerie. La dernière fois, il nous a fait curer toutes les marmites en plus d'éplucher les patates. Pire encore, il nous a forcés à apprendre par cœur les sept règles d'or du cuisinier.

— Et alors ! Vous devriez plutôt être réjouis de vous familiariser à l'art de la cuisine.

— Justement, il est là, le problème ! continua Martigan. On a déjà oublié ces sept règles d'or. D'ailleurs, on ne se souvient même plus s'il y en avait sept. Aussi, monsieur, ne nous renvoyez pas en cuisine, s'il vous plaît. Avec l'humeur emportée du chef Piloti, je crains que nous n'en ressortions pas vivants cette fois. Nous préférons largement briquer le pont ou nettoyer l'enclos à animaux. Je vous en prie, soyez indulgent !

— Bien essayé, matelot, mais ça ne prend pas avec moi ! rétorqua Corsarez. Allez, du vent ! Et ne m'obligez pas à vous botter les fesses pour vous traîner en cuisine, car alors vous aurez vite fait d'apprendre mes sept règles d'or du coup de pied !

À court d'arguments, les deux hommes se dirigèrent finalement vers la coquerie en traversant un couloir de marins. Au son du glas interprété par l'un des musiciens avec son tambour, Martigan et Cenfort marchèrent la tête basse comme deux condamnés conduits à la potence. L'instant était si fort en émotions que Porouc ne put s'empêcher d'ôter son foulard en signe de recueillement... Il ne manquait pas grand-chose pour qu'il verse aussi une larme.

LA LUEUR

Sur sa plateforme d'observation, Broton tenait sa longue-vue pointée vers la petite île déserte, stupéfait du résultat de l'éboulement. Il se demandait encore comment il avait pu survivre à cette vague géante. En la voyant se diriger sur le bateau, il était resté figé sous l'effet de la peur. Il aurait pourtant bien voulu descendre du mât pour se mettre à l'abri, mais il avait à peine eu le temps de se ressaisir que c'était déjà trop tard. Violemment projeté par-dessus la rambarde, il se rappelait avoir eu la tête sous l'eau durant un bref instant avant de se sentir soudain tirer par une jambe pour finalement retomber sur sa plateforme, le pied attaché à une corde.

Le marin à la vigie était persuadé d'avoir été secouru, mais il n'avait pas réussi à voir son bienfaiteur devant la rapidité des événements. Il se promit cependant de découvrir son identité pour le remercier vivement le temps venu, car pour l'heure, son attention était portée sur la falaise accidentée. Il ne se doutait pas alors qu'on l'épiait, à quelques mètres seulement au-dessus de lui.

Légèrement penchée, la Tête de mort de *La Fleur de lys* observait le matelot depuis son drapeau sans trop se montrer pour ne pas être repérée.

« Je me demande combien de temps il va rester là à regarder cet îlot perdu au beau milieu du golfe du Mexique. Ça ne me tente vraiment pas d'attendre qu'il soit relevé de son poste pour récupérer ma corde. Je lui ai probablement sauvé la vie en l'attrapant de justesse par le pied, mais il ne faut pas abuser tout de même. Je n'avais pas l'intention de lui laisser ma corde. Je l'ai simplement lâchée par mégarde lorsqu'il est retombé sur sa plate-forme. J'y tiens, à cette corde. Elle me sert souvent. Je pourrais certes lui demander de me la lancer, mais je n'ai aucune idée de la réaction qu'il aura. En plus, cet empoté serait bien capable de mal viser et de la faire tomber à la mer. Je ne veux surtout pas prendre ce risque, car comme le disait souvent ma grand-mère, prudence est mère de sûreté. Puis, on n'est jamais mieux servi que par soi-même. Je préfère donc la récupérer par mes propres moyens. Néanmoins, tant que Broton restera à son poste, je n'y arriverai pas, car cette écre-visse de rempart a eu la stupide idée d'atta-cher ma corde à la rambarde de sa plateforme. Le problème, c'est que la relève n'aura pas lieu avant quatre heures. Ce sera beaucoup trop long. Je me connais, je ne serai pas capa-ble d'attendre jusque-là. La patience est loin de figurer parmi mes nombreuses qualités. Enfin... Ça ne sert à rien de s'étendre là-dessus. Je veux récupérer ma corde maintenant, un point c'est tout ! Or pour y arriver, il faudrait que j'oblige Broton à quitter son poste quelques instants, le temps que je puisse descendre. Et si je faisais couler de l'eau pour lui donner l'envie de faire pipi !? Non, ce n'est pas une bonne idée. Je risquerais d'être repérée. Oh ! Et si j'essayais de lui faire boire un laxatif ! J'en ai justement tout un flacon. Avec ça, il ne restera pas une minute de plus sur sa plateforme, c'est certain… »

Sans plus attendre, la Tête de mort disparut dans son repaire pour préparer son malicieux breuvage. Afin d'être sûre d'obtenir le résultat escompté, elle versa l'intégralité du laxatif dans une chope remplie à moitié de rhum sans alcool. Elle attacha ensuite une cordelette à l'anse, puis se pencha discrètement. Se réjouissant à l'avance, elle s'apprêta ainsi à descendre la chope, mais Broton se mit à crier au même moment :

— LUEUR EN VUE !

Ne s'attendant pas du tout à cette alerte, la Tête de mort sursauta de surprise et lâcha la cordelette. La chope plongea aussitôt dans le vide et s'abattit sur la plateforme en renversant tout son contenu.

« MAMAN, C'EST PAS POSSIBLE ! s'exclama-t-elle en se tenant le crâne entre ses deux mains squelettiques. En plus de ma corde, me voilà maintenant sans ma chope et ma cordelette. Tout le rhum s'est répandu et il ne me reste plus une seule goutte de laxatif dans mon flacon. Je suis perdue ! Par la faute de ce stupide marin, je vais devoir attendre la relève pour récupérer mes biens. Mais qu'est-ce qui lui a pris de crier tout à coup ? Il m'a fait sursauter, le misérable ! Oh, mais il ne va pas s'en tirer aussi bien, c'est moi qui vous le dis ! Vite ! mon seau pour que je l'assomme sur-le-champ… Non, non, pas mon seau ! Je vais plutôt lui lancer un boulet de canon de six livres ! Mieux encore, un de douze livres. Il m'en reste un, je crois. Au moins, je serai sûre de ne pas manquer mon coup... »

Gagnée par la colère, la Tête de mort ne perdit pas un instant de plus. Elle revint rapidement avec un boulet de douze livres tout en continuant à pester contre le matelot.

« Tiens, je vais t'apprendre à crier si fort pour une simple lueur ! s'exclama-t-elle lorsqu'un éclat venant de la falaise attira cette fois son attention. HÉ ! Mais c'est qu'il avait raison, le bougre ! Il y a bien une lueur sur la falaise ! »

Distraite, la Tête de mort lâcha involontairement le boulet qui tomba sur la plate-forme d'observation, juste derrière le marin fort heureusement. Le poids du projectile détacha cependant une latte qui se releva brusquement et assomma d'un coup sec le malheureux Broton.

« Oh non ! Le boulet ! s'alarma la Tête de mort avant de se reprendre. Bah ! Après tout, c'est bien fait pour lui. Il ne l'a pas volée, celle-là. Puis je vais pouvoir enfin descendre récupérer ce qui m'appartient... »

Pendant ce temps, tous les membres d'équipage s'étaient déjà rassemblés sur le pont pour observer cette lueur au milieu de la falaise accidentée. Le commandant de *La Fleur de lys* s'y intéressa aussi en pointant sa longue-vue.

— Voyez-vous quelque chose, capitaine ? demanda Le Bolloch.

— C'est difficile à dire. L'éboulement semble avoir mis au jour une grotte sur le versant de cet îlot. Je distingue une forte lueur près de l'entrée, probablement due au reflet du soleil, mais je n'arrive pas à voir ce que c'est.

— Nous avons peut-être mis au jour un trésor caché ! lança Mumbai, les yeux soudain remplis d'espoir.

— Il a raison, enchaîna Yasar. Il doit y avoir de l'or dans cette grotte, d'où cette lueur...

— Holà, pas si vite, messieurs ! arrêta le capitaine. Il peut s'agir de simples cristaux de roches qui se reflètent au soleil, rien de plus.

— Oui, mais peut-être pas, insista Mumbai. Cette grotte pourrait avoir servi de repaire à des pirates pour y cacher leurs butins !

— Il a raison, intervint à son tour Yasar. Nous devrions aller voir cet endroit de plus près. On ne sait jamais.

Le capitaine Kutter observa encore un instant l'entrée de la grotte en silence, puis il baissa sa longue-vue en se tournant vers Flibus.

— Qu'en pensez-vous ?

— Personnellement, capitaine, je n'y vois pas d'objection. Mumbai n'a pas tort. Cette grotte serait un endroit propice pour y laisser un trésor. Ça ne coûte rien d'aller y jeter un coup d'œil, avec votre permission, cela va de soi.

Le commandant hésita encore, comme s'il cherchait à suivre son instinct. Son sentiment était cependant partagé entre le doute et le désir de plaire à son équipage. Le souvenir de la créature et de la vague géante le rendait méfiant. Néanmoins, devant les visages

implorants de ses hommes, il se laissa finalement influencer.

— Après toutes les épreuves que nous
venons de vivre, je pense que l'équipage a bien
mérité un peu de distraction. Par conséquent,
j'autorise l'envoi d'une expédition pour explorer cette grotte !

— Pour notre capitaine ! cria aussitôt
Mumbai. HIP ! HIP ! HIP !

— HOURRAAAA !

Une chaloupe fut descendue à la mer, tandis
que Flibus constituait le groupe qui se rendrait
sur l'île avec lui. Il désigna d'office Corsarez
pour le seconder, ainsi que Mumbai et Yasar
qui avaient été les premiers à suggérer
d'explorer la grotte. Il chercha ensuite du regard
deux ou trois autres marins parmi les membres
de l'équipage quand des hurlements s'entendirent depuis la cuisine, suivis de bruits de
casseroles.

— HORS DE MA VUE, MISÉRABLES
VERMINES !

Toutes les têtes se tournèrent dans la même direction. Au même moment, Martigan et Cenfort sortirent de la coquerie sous une volée de casseroles.

— Mais, chef, on n'a rien fait de mal, je vous assure ! tenta d'expliquer Martigan avant de recevoir un violent coup sur le crâne. AÏE !

Sans demander leur reste, les deux marins se mêlèrent au plus vite à leurs compagnons afin d'échapper au prochain assaut. Le chef Piloti apparut peu après devant sa porte avec sa carrure imposante.

— Où êtes-vous passés, brigands, que je vous corrige encore ? lança-t-il bien haut devant l'équipage silencieux et impressionné.

Personne n'osa répondre, à l'exception du capitaine qui, de toute évidence, n'était pas le seul sur ce bateau à avoir régulièrement des sautes d'humeur.

— Je vous en prie, chef Piloti, calmez-vous !

— Me calmer, capitaine ! Avec ces deux incapables à bord, c'est impossible, voyons…

— Bon, que vous ont-ils fait encore ? demanda à tout hasard le commandant de *La Fleur de lys*.

— Ce qu'ils m'ont fait ! Mais tout, capitaine ! Ils ne sont même pas fichus d'éplucher des patates correctement. Leurs épluchures sont si épaisses qu'il nous faudrait toute une cargaison pour remplir une seule marmite. Je leur ai pourtant montré plusieurs fois comment s'y prendre, mais c'est peine perdue. Ce sont des incapables, je vous dis ! Il n'y a plus rien à tirer de ces deux-là. J'abandonne. Je ne veux plus jamais les revoir dans ma coquerie.

Cachés parmi leurs compagnons, les deux marins concernés se regardèrent d'un air complice tout en s'échangeant une généreuse poignée de main.

— Tu vois, je te l'avais dit qu'on finirait par le faire craquer ! chuchota Martigan.

— Bien joué, l'ami. Tu avais vu juste, mais je ne pensais pas qu'on y arriverait, je dois le reconnaître. C'est un dur à cuire, ce gars-là.

— Normal pour un chef cuisinier.

Cette fois, les deux acolytes ne purent s'empêcher de rire avant que Corsarez les attrape par l'oreille.

— Alors, comme ça, vous avez voulu jouer aux plus malins en forçant le chef Piloti à vous chasser de sa cuisine !

— Eh bien, c'est une façon de voir les choses, reconnut bêtement Martigan en étirant un sourire grimaçant.

— Et vous trouvez ça drôle en plus ? poursuivit Corsarez. Dites-moi, tous les deux. Vous ne seriez pas en train de vous moquer de moi, par hasard...

— Heu... Aïe ! Non, point du tout ! assura le marin au bandeau noir en sentant une autre vive douleur à l'oreille.

Au même moment, le chef Piloti surgit en écartant vigoureusement du bras tous ceux qui étaient en travers de son chemin.

— Ah, vous voilà, tous les deux ! s'écria-t-il.

— Non, par pitié, ne nous faites pas de mal ! supplia Martigan.

Le cuisinier de *La Fleur de lys* leva la main pour flanquer une volée aux deux comparses, mais Flibus l'arrêta :

— Je vous en prie, chef Piloti ! Vous avez peut-être de bonnes raisons de corriger ces hommes, mais vous savez très bien que cela n'y changera rien si vous le faites. De plus, ce ne serait pas un bon exemple à montrer à Lin Yao.

Sur ces paroles, l'imposant cuisinier tourna la tête vers la jeune fille et baissa aussitôt son bras en réalisant la portée de son geste. Visiblement gêné, il la regarda quelques instants sans ouvrir la bouche. Finalement, il s'éloigna quand, à la surprise générale, il se retourna brusquement en s'écriant :

— J'ai peut-être eu tort de lever la main sur ces deux vermines, mais dans ma cuisine, c'est moi le chef ! C'est mon territoire et je mettrai dehors, à coups de pied si nécessaire, tous ceux qui ne respecteront pas mes règles...

— Il a raison ! nargua Martigan.

— Oh, toi, attends un peu que je t'attrape ! jura cette fois le chef Piloti en se précipitant vers le provocateur.

— IL SUFFIT, MAINTENANT ! coupa aussitôt Flibus avant que la situation ne tourne mal. Chef Piloti, je vous en prie, regagnez votre cuisine ! Et vous deux, si vous continuez, je vous ferai mettre aux fers sans hésiter. Montez dans la chaloupe !

— Vous nous emmenez avec vous, monsieur ! s'exclama Martigan. Merci.

— Ne me remerciez pas, ce n'est pas une faveur que je vous fais. C'est à vos compagnons que je pense. Vous savoir loin de ce navire pour quelque temps leur fera le plus grand bien. Et ne croyez surtout pas que vous allez vous en tirer aussi facilement, car au moindre débordement de votre part, vous pouvez être sûrs que je vous abandonnerai sur cette île déserte.

— En voilà une bonne idée ! se réjouit à son tour le chef Piloti avant de se mettre à humer l'air. Tiens, on dirait que ça sent le brûlé. MAMMA MIA, MON POT-AU-FEU ! TAFA, MAIS QUE FAIS-TU LÀ ? POURQUOI N'ES-TU PAS DANS LA COQUERIE POUR SURVEILLER LA CUISSON ?

L'imposant chef italien entraîna avec lui son jeune aide-cuisinier sous les regards amusés des marins rassemblés.

L'incident clos, Flibus s'assura enfin que tout l'équipement nécessaire à l'expédition soit chargé sur la chaloupe, puis il donna le signal de départ. Il ne fallut que quelques minutes aux six hommes pour atteindre à la rame la petite île aux versants escarpés. Munis de pics et de cordages, ils évaluèrent le découpage de la falaise accidentée, puis ils l'escaladèrent sous les regards attentifs du capitaine et des membres d'équipage restés à bord de *La Fleur de lys*. Flibus se plaça en tête de cordée afin d'assurer l'ascension de ses compagnons, mais il contraignit Martigan et Cenfort à attendre dans la chaloupe pour assurer la récupération d'un éventuel butin. Ces derniers comprirent aussitôt que cet ordre était une sanction pour leur accrochage avec le chef Piloti, mais ils ne s'en plaignirent pas pour autant. Bien au contraire, ils furent même ravis de ne pas grimper avec les autres. Les deux acolytes se gardèrent toutefois de le montrer, laissant croire au groupe qu'ils étaient déçus de ne pouvoir le suivre. Ils se contentèrent d'accepter leur sort et d'observer leurs compagnons qui se préparaient à l'ascension. Ils préféraient largement rester dans la chaloupe pour se détendre, voire roupiller une heure ou deux, sans que personne leur dise quoi faire. Ils n'avaient aucune envie de se rompre le cou sur les rochers pour un hypothétique trésor.

LE DISQUE

Un peu moins d'une demi-heure suffit aux grimpeurs pour atteindre la grotte, située à une vingtaine de mètres au-dessus du niveau de la mer. L'entrée laissait supposer une cavité beaucoup plus grande à l'origine, avant que l'éboulement en emporte une partie dans les profondeurs de la mer. Ce qui restait de la grotte était directement exposé à la lumière du jour de sorte qu'il n'était même pas nécessaire d'utiliser des torches. L'endroit était d'ailleurs si bien éclairé que Flibus et ses amis virent aussitôt un objet brillant posé sur un socle en pierre, au centre de la cavité. Les premiers signes d'émerveillement se manifestèrent très vite.

— C'est une statuette, et tout en or en plus! s'écria Mumbai en s'approchant d'un pas prudent.

— C'est une statuette aztèque, précisa Corsarez. J'en ai déjà vu quelques-unes quand je vivais au Mexique.

— Celle-ci doit valoir une véritable fortune.

— C'est certain.

— Prenons-la alors! s'empressa de proposer Yasar.

— Non, pas tout de suite. Si on la retire de son socle, cela pourrait déclencher un mécanisme qui provoquerait l'éboulement de la grotte.

— Émilio a raison, confirma Flibus. Il vaut mieux rester prudent. On ne sait jamais. Prenons plutôt le temps d'explorer l'endroit avant d'envisager d'emporter quoi que ce soit! Mais faites attention où vous mettez le pied et ne touchez à rien surtout, en tout cas, pas avant mon autorisation.

Tous approuvèrent et commencèrent à observer les alentours. De part et d'autre, la paroi rocheuse, soigneusement polie, laissait paraître de nombreuses fresques colorées illustrant des moments de la vie quotidienne.

— C'est vraiment magnifique ! s'émerveilla Corsarez. Nous sommes en présence d'un véritable sanctuaire aztèque.

— Hé ! Vous avez vu cet objet ? montra Yasar. C'est quoi selon vous ?

Corsarez s'approcha pour donner son avis. Il hésita cependant.

— À première vue, j'aurais dit un disque solaire, mais en le regardant de plus près, j'en suis moins sûr. J'en ai déjà tenu un qui représentait une sorte de calendrier aztèque, avec un soleil gravé en son centre, mais celui-ci est différent. À la place du soleil, on dirait une pyramide en relief.

— Ça a une quelconque valeur ?

— Pour ceux qui l'ont conçu, sans doute. Ces disques ne sont pas en or, mais en pierre, si c'est ça que tu veux savoir.

— Pourtant, il me semble bien apercevoir de l'or sur cette pyramide qui ressort au centre, assura Yasar.

— C'est bien possible, en effet, reconnut tout de même Corsarez en remarquant une couche dorée sous une légère épaisseur de poussière.

Voyant que l'objet était simplement posé en biais contre la paroi rocheuse, Yasar le prit sans demander l'autorisation.

— Qu'est-ce que tu fais ? lui reprocha aussitôt Corsarez. On a dit qu'on ne touchait à rien avant d'être certain qu'il n'y ait pas de pièges.

— Je sais, mais il ne s'est rien passé.

Sur ce constat, Mumbai n'hésita plus et s'approcha à son tour du socle placé au centre de la grotte.

— Si on a pu prendre le disque sans risque, je ne vois pas de raison de laisser cette statuette, murmura-t-il.

— MUMBAI, NON ! cria Flibus.

Le marin se saisit de la statuette sans prêter attention aux avertissements, comme si une force invisible lui avait dicté son geste. Son regard lumineux resta plongé sur l'objet entièrement recouvert d'or, tandis que ses compagnons s'attendaient à voir la grotte s'effondrer d'un instant à l'autre. D'ailleurs, ils sentirent très vite une légère secousse accompagnée d'une chute de petites roches et de terre. Elle ne dura pas longtemps, cependant.

— Sacrebleu, Mumbai ! reprocha aussitôt Flibus. Mais que t'est-il passé par la tête, voyons ? Tu voulais tous nous enterrer vivants ?

— Navré, mais je n'ai pas pu résister. C'était comme si cette statuette m'avait poussé à la prendre. On ne pouvait quand même pas partir sans elle. Puis, on est toujours en vie.

Au même moment, un rire diabolique résonna dans la grotte.

— C'est la créature ! paniqua Yasar. J'ai reconnu son rire. Regardez, elle est là, dans le coin !

La petite momie se déplaça rapidement en passant tout près des marins pour les narguer. Yasar tenta de la frapper avec son pic, mais il la manqua. Elle se jeta ensuite avec rage sur Corsarez et chercha à le mordre au cou.

— Venez m'aider, vite !

Flibus se précipita, mais il ne put se servir de son pic de crainte de blesser son ami.

— Lâche-la pour que je puisse l'atteindre ! avertit-il.

— Mais elle va me mordre.

— Je sais, Émilio, mais je ne pourrai pas t'en débarrasser autrement.

Cette fois, Corsarez obéit.

— Vas-y !

— Attention, ne bouge plus ! lança Flibus.

Sans plus attendre, le quartier-maître frappa la petite momie qui vola contre la roche en percutant au passage un masque de bois qui tomba sur le sol. Tous croyaient enfin s'être débarrassés de la créature, mais à leur grande surprise, elle se releva aussitôt en se saisissant du masque. Sans que personne ait le temps de réagir, elle se jeta à nouveau sur Corsarez qui était toujours allongé et plaça le masque sur son visage avant de disparaître dans une crevasse.

Flibus et les autres restèrent stupéfaits lorsque leur ami se mit soudain à trembler de tout son corps. Ils ne réalisèrent pas sur le coup ce qui était en train de se produire. Corsarez se redressa brusquement et attrapa son pic. Il se dirigea ensuite vers la paroi opposée en bousculant Yasar et commença à piquer la roche avec une vigueur extrême.

— Mais qu'est-ce qui lui prend ? Il est devenu fou ! s'écria Yasar.

— Émilio, que t'arrive-t-il? s'inquiéta à son tour Flibus, en posant sa main sur l'épaule de son meilleur ami.

Sans crier gare, Corsarez se retourna et écarta violemment son compagnon du bras. La force déployée était si grande que Flibus fut projeté contre l'autre paroi.

— On dirait qu'il est possédé! constata Mumbai en se dépêchant de ranger la statuette dans son sac en fibres de chanvre.

— C'est le masque! en déduisit Flibus en se relevant péniblement. Vite, aidez-moi à le lui retirer!

Corsarez avait déjà provoqué une importante brèche dans la roche qui laissait entrevoir une nouvelle cavité. Surpris, ses compagnons attendirent encore un peu avant de se jeter sur lui quand ils aperçurent la tête d'une momie, mais de taille adulte cette fois. Ils entendirent alors à nouveau le rire glacial de la petite créature, puis ils virent avec stupéfaction une sorte de brume s'échapper de la bouche hideuse de la grande momie.

— C'est quoi cette horreur ? paniqua Yasar avant d'apercevoir le pic de Corsarez levé juste au-dessus de sa tête.

— ÉMILIO, NON !

Flibus se jeta cette fois sur son ami et lui retint le bras.

— Vite, enlève-lui le masque !

Yasar ne perdit plus de temps et agrippa le masque de ses deux mains. Il était tellement collé au visage qu'il devait tirer de toutes ses forces. Il ne s'attendit pas cependant à ce que Corsarez le saisisse violemment par le cou avec l'autre main. La pression fut si brutale et rapide qu'il se sentit sur le point de perdre connaissance quand, dans un ultime effort désespéré, il parvint à arracher le masque. Aussitôt, Corsarez lâcha prise et s'évanouit dans les bras de Flibus, qui se dépêcha de lui retirer le pic par mesure de sécurité.

— Qu'est-ce qui m'est arrivé? murmura peu après le marin hispano-aztèque en retrouvant ses esprits.

— C'est le masque que tu portais, répondit Flibus. On aurait dit qu'il t'avait possédé. Tu ne t'en souviens pas?

— Non. Je me rappelle simplement que cette créature m'a sauté dessus lorsque j'étais à terre, mais ensuite plus rien, c'est le noir complet. Dis-moi, Ian, je n'ai fait de mal à personne au moins…

— Rassure-toi, Émilio, nous allons bien. On a pu te retirer le masque à temps.

Au même moment, la créature surgit de nulle part et sauta, cette fois, sur le socle en riant avec son air diabolique. Alerté, Mumbai tenta encore de la frapper avec son pic, mais il la manqua de nouveau. Il sentit par contre une autre présence derrière lui. Le temps de se retourner, il se retrouva face à face avec le visage d'un spectre flottant. Ses yeux étaient si effrayants qu'il ne put s'empêcher de crier.

— Si nous restons ici, nous allons mourir ! hurla à son tour Yasar en s'enfuyant vers la sortie.

Mumbai s'écarta également du spectre, mais sans prêter attention à la plaque de pierre placée tout près de lui, sur le sol. Lorsqu'il posa son pied dessus, celle-ci s'enfonça inévitablement sous son poids. Aussitôt, un autre bruit étrange s'entendit dans la grotte, comme une sorte de mécanisme qui s'enclenchait, puis le sol se mit à nouveau à trembler. Cette fois, ce n'était pas une simple secousse, mais bien le signe que la grotte était sur le point de s'écrouler.

— Vite, sortons d'ici ! lança Flibus en aidant son ami à se relever.

Sans plus attendre, tous se dirigèrent vers la sortie. Cependant, en arrivant au bord de la falaise qui surplombait la mer, ils réalisèrent bien vite qu'ils étaient loin d'être sortis d'affaire. Voyant la chaloupe accostée à une vingtaine de mètres plus bas, Flibus cria de toutes ses forces pour avertir les deux marins restés dans l'embarcation ; malheureusement, aucun d'eux ne réagit.

— Mais qu'est-ce qu'ils font ? s'impatienta Mumbai.

— On dirait qu'ils dorment ! s'écria Yasar en constatant que ses deux compagnons étaient adossés dans la chaloupe avec les jambes allongées. MARTIGAN ! CENFORT !

Pressé par le danger, Flibus ordonna:

— Mumbai, passe-moi ton sac ! Nous allons mettre le disque avec la statuette et descendre le tout jusqu'à la chaloupe. Continuez de les appeler pendant ce temps !

Tous crièrent en chœur depuis la falaise afin de réveiller les deux marins qui ne s'étaient toujours rendu compte de rien. Cenfort finit par réagir le premier.

— Hé ! Martigan !

— Quoi, encore ! répondit le marin au bandeau noir en relevant légèrement son chapeau qu'il avait posé sur son visage pour se protéger du soleil.

— J'ai l'impression d'avoir entendu nos noms.

— Mais non, tu as dû rêver. Pourquoi nous appellerait-on ? Je parie qu'il nous reste encore une bonne heure avant que les autres ne redescendent. Ne t'inquiète pas, tout va bien. Tu peux te rendormir. On ne pouvait pas trouver meilleur endroit pour être tranquilles. Ici, personne ne peut nous donner des ordres.

Martigan avait à peine replacé son chapeau sur son visage qu'il entendit cette fois clairement son nom.

— Oh, non ! C'est pas vrai, on nous appelle…

— Ah, tu vois, je te l'avais bien dit !

— Oui, bon, ça va ! pesta le marin en levant la tête. Regarde, on dirait que nos compagnons ont trouvé quelque chose. Ils nous envoient un sac.

Les deux hommes agitèrent aussitôt leurs bras.

— Ça y est, ils nous ont vus ! rapporta Corsarez.

— Très bien, j'y suis presque de toute façon, avertit Flibus. Ils vont pouvoir récupérer le sac.

Pendant ce temps, des blocs de roche de plus en plus gros s'empilaient dans la grotte dans un vacarme effroyable. L'endroit où étaient situés les marins paraissait soudainement bien précaire. Avec les secousses, le sol risquait à tout moment de s'affaisser sous leurs pieds et de les emporter dans le vide. Yasar s'en inquiéta d'ailleurs rapidement :

— Vous pensez qu'on pourra redescendre avant que tout s'écroule ?

— C'est trop tard ! répondit Flibus. Nous n'aurons jamais le temps.

— Mais comment va-t-on faire alors ?

— Il n'y a qu'une seule solution, expliqua le quartier-maître en relâchant enfin la corde qui retenait le sac. On doit sauter...

— QUOI ! Mais c'est bien trop haut d'ici ! paniqua Yasar. Il y a au moins vingt mètres.

— Ian a raison, appuya Corsarez. On n'a pas d'autre choix. Sinon, on va tous y rester…

Des morceaux de roche commençaient déjà à se détacher de la falaise sur les côtés.

— Allez, on saute ! ordonna Flibus sans plus tarder.

Cette fois, tous se jetèrent dans le vide peu avant que la grotte s'affaisse complètement en faisant jaillir vers l'extérieur un gros nuage de poussière.

Les quatre marins plongèrent tant bien que mal dans la mer à quelques mètres seulement de la chaloupe, sous les regards stupéfaits de leurs compagnons. À bord de *La Fleur de lys*, plusieurs observateurs ne purent s'empêcher de crier en se tenant la tête, impuissants face à la situation. Porouc, le premier, imaginait déjà le pire même s'il avait vu ses amis sauter à temps. Ils craignaient qu'ils n'aient pas réussi à s'en sortir en tombant dans l'eau de si haut.

Mais ce qu'il vit tout à coup en levant les yeux vers la grotte lui glaça le sang. Une silhouette étrange traversa brusquement le nuage de poussière et s'éloigna en longeant la falaise. Porouc n'en était pas sûr, mais avant que la forme ne disparaisse, il lui semblait avoir aussi aperçu la petite momie qui la chevauchait telle une monture. Par crainte d'être ridiculisé, il se garda toutefois d'en parler à ses compagnons.

LES TÉMOINS

Martigan et Cenfort se redressèrent dans leur chaloupe, ravis d'avoir pu échapper à la mort. Ils avaient simplement essuyé une pluie de petites roches et de terre, mais sans gravité. Ils se réjouirent également de voir leurs compagnons toujours en vie après leur chute des plus spectaculaires. Ils les aidèrent rapidement à sortir de l'eau, puis ils regagnèrent ensemble *La Fleur de lys* sous les acclamations de l'équipage.

Une fois à bord, tous se rapprochèrent pour découvrir le contenu du sac. La statuette d'or suscita l'émerveillement général, contrairement au disque en pierre. Seuls les deux savants y trouvèrent un intérêt et demandèrent à l'observer de plus près. Maître Chow s'exprima le premier :

— À quelques reprises, il m'est arrivé d'examiner des calendriers aztèques, mais celui-ci n'en est pas un, comme vous le pensiez, monsieur Corsarez. Au premier abord, les gravures de ce disque de pierre me font penser au plan d'une ville, mais je ne vois aucune logique dans le découpage des quartiers...

— Que voulez-vous dire, cher ami ? demanda maître Fujisan, intrigué.

— Eh bien, voyez-vous, les Aztèques avaient l'habitude de construire leurs villes avec quatre avenues principales orientées selon les quatre points cardinaux. Ces rues se rejoignaient au centre de la cité, là où était situé le temple, sur sa pyramide. Or, une pyramide se trouve justement représentée sur ce disque de pierre. Je remarque aussi le départ des quatre avenues sur les côtés, mais ensuite, elles ne respectent plus la symétrie. C'est comme si le plan de cette ville avait été déformé.

Maître Fujisan se saisit à son tour du disque et confirma les impressions de son confrère.

— Mais pourquoi aurait-on voulu déformer ce plan ? s'interrogea-t-il.

— Là est la question, fit remarquer maître Chow en faisant glisser ses doigts sur sa longue et fine moustache. Pour ma part, je vois mal le graveur de ce disque commettre une erreur. Il ne peut s'agir que d'un acte volontaire afin de dissimuler le véritable plan de cette ville.

Mis au défi, le savant chinois examina encore une fois l'objet avant de le retourner. Il fronça des sourcils en découvrant au verso une autre gravure tout aussi difforme.

— Alors, voyez-vous de quelle façon nous pourrions déchiffrer le plan de cette ville ? lui demanda maître Fujisan.

— Je le voudrais bien, cher ami, croyez-moi. Si vous avez une idée, je serais ravi de l'entendre.

Maître Fujisan prit son ami au mot et observa encore une fois le disque avec une grande attention. Il examina les deux faces durant un moment, mais ne sembla guère en mesure, lui non plus, de résoudre ce mystère. Il s'apprêtait à rendre le disque à son confrère lorsque Mumbai apparut dans son champ de vision avec la statuette dans les mains. Ce dernier la montrait fièrement à ses compagnons en se vantant de l'avoir lui-même trouvée. En voyant la statuette penchée, le savant japonais remarqua alors une partie creuse bien particulière sous son support. Celle-ci semblait étrangement correspondre à la géométrie du centre du disque, là où était placée la pyramide en relief.

— Attendez ! J'ai peut-être résolu notre énigme ! annonça tout haut maître Fujisan.

— Ah bon ! s'étonna maître Chow, à la fois ravi par le génie de son ami et pincé dans son amour-propre.

Le savant japonais s'approcha de Mumbai et lui demanda aimablement de lui prêter la statuette. Le marin hésita, comme s'il tenait pour acquis que l'objet lui appartenait. Mais en croisant le regard de Corsarez, il se résigna. Maître Fujisan dut cependant le lui prendre avec force tellement il avait du mal à s'en défaire.

Satisfait, le savant japonais invita ses amis à le suivre dans sa cabine afin de vérifier sa théorie. Une fois à l'intérieur, il posa le disque sur la table qui servait à faire des expériences et attendit que tout le monde soit prêt. Aux côtés de maître Chow et de Flibus, se trouvaient Corsarez et Lin Yao. Le capitaine était également présent, accompagné de Bristol. Les autres attendirent dehors, entassés devant l'entrée comme un banc de sardines.

Maître Fujisan observa attentivement la statuette, puis il la posa au centre du disque, là où était représentée la pyramide en or. La partie creuse du socle épousa parfaitement la forme, comme le savant s'y attendait. Ce dernier jeta alors un regard vers ses amis, puis il exécuta une rotation avec la statuette dans le sens des aiguilles d'une montre. Son action enclencha aussitôt un mécanisme qui déplaça, une à une, les différentes parties du disque de pierre. Tous restèrent stupéfaits en voyant le plan de la ville aztèque se former sous leurs yeux.

— Vous avez réussi, mon ami ! s'émerveilla maître Chow. Quel génie vous faites ! Vous n'avez pas fini de me surprendre.

— Vous me flattez, cher confrère !

— Point du tout. Pour être honnête avec vous, je doutais que vous réussissiez, car moi-même, je n'avais aucune idée de la façon de résoudre cette énigme, mais là, j'avoue m'être trompé.

Maître Fujisan regarda son ami avec sympathie, touché par ses belles paroles, puis il retira la statuette. Il se saisit ensuite du disque pour mieux observer le résultat quand Lin Yao s'exclama tout à coup :

— Oh ! Regardez l'autre face ! On dirait que le mécanisme a également reformé cette partie.

— Mais oui, tu as raison, confirma le savant japonais en tournant le disque vers lui.

Tous se rapprochèrent.

— Ça ressemble à une carte ! fit aussitôt remarquer Flibus.

— En effet, appuya Corsarez, et je crois même savoir ce qu'elle représente. C'est une carte du Mexique, du moins c'est très ressemblant.

— Puis-je voir ? demanda le capitaine Kutter.

— Mais je vous en prie, capitaine, répondit maître Fujisan en lui tendant le disque.

Assis sur sa chaise roulante, le commandant anglais observa attentivement la carte, puis il se prononça :

— Certaines lignes de côte diffèrent légèrement, mais dans son ensemble, il s'agit bien du Mexique. Vous aviez raison, monsieur Corsarez. Je me demande cependant ce que signifie ce symbole au centre, situé le long de ce fleuve.

Tous entourèrent cette fois le capitaine pour donner leur avis.

— Selon moi, c'est l'emplacement de la ville représentée sur l'autre face, suggéra Flibus. Les traits sont plus petits, mais si on y regarde de plus près, il s'agit du même plan.

— Et quel est ce fleuve non loin de la ville ? s'interrogea le capitaine.

— Je le reconnais. C'est le Rio Panuco, déclara Corsarez. Et cette ville, si j'en crois l'inscription, c'est la Cité d'Or de Tenochtucan.

En entendant parler de cité d'or, les marins rassemblés à l'extérieur murmurèrent entre eux en faisant passer l'information :

— Ils ont parlé d'une cité d'or.

— Une cité d'or ! Mais où ça ? voulut savoir un matelot placé en arrière.

— Au Mexique, il paraît. Ils ont pu déchiffrer le plan.

— Écartez-vous, je veux voir ce plan ! s'impatienta un autre en poussant ses compagnons.

— Hé, du calme, l'ami ! Tu n'es pas tout seul. Tu n'avais qu'à arriver plus tôt pour te placer au premier rang.

— CHUT ! Mais vous allez vous taire, oui ! pesta Mumbai. Je n'entends pas ce qu'ils disent.

Pendant ce temps, dans la cabine des deux savants, Corsarez révélait ce qu'il savait sur cette cité.

— Au Mexique, on raconte que la Cité d'Or de Tenochtucan n'a jamais pu être découverte par les conquistadors. De nombreuses expéditions furent pourtant menées par les Espagnols et par d'autres explorateurs européens qui avaient cru la situer au cœur de la jungle. Personne n'en est revenu cependant. Les recherches engagées par les différents gouvernements pour les retrouver n'ont jamais abouti. On dit que plus aucune autre expédition n'a été autorisée par la suite et que l'idée même de découvrir cette cité a fini par tomber dans l'oubli. D'ailleurs, certains descendants d'Aztèques parlent d'oubliés de la Cité d'Or, mais je ne saurais vous dire si cela fait référence aux habitants de cette cité perdue ou bien aux explorateurs qui ont disparu en tentant de la trouver. À ce jour, nul ne sait donc où est cette mystérieuse cité. Ses richesses sont, paraît-il, si fabuleuses que sa pyramide est entièrement recouverte d'or. Par contre, on prétend aussi qu'elle est protégée par des forces surnaturelles, d'où l'échec de toutes ces expéditions. Ma mère, qui est d'origine aztèque, m'a souvent conté cette histoire quand j'étais enfant, mais en grandissant, j'ai vite compris que la Cité d'Or de Tenochtucan n'était qu'une légende. Or là, après ce que nous venons de découvrir, je vous avoue ne plus savoir quoi en penser.

Sur ces paroles, les murmures de l'équipage augmentèrent en intensité, chacun donnant son opinion sur la question. Mumbai, le premier, était d'avis de mettre aussitôt le cap sur le Mexique afin de découvrir cette cité fabuleuse. Plusieurs l'approuvèrent sans hésiter en pensant à toutes ces richesses qu'ils pourraient rapporter à bord. D'autres, au contraire, se montrèrent très réticents, surtout Porouc comme à son habitude.

— Vous n'avez aucune idée de ce qui nous attend si on s'aventure au cœur de la jungle mexicaine. Vous avez entendu ce qu'a dit Corsarez… Cette cité est protégée par des forces surnaturelles…

— Mais non, l'arrêta Mumbai. Cette histoire est une pure invention pour effrayer les gens et les dissuader de chercher cette cité. Ces menaces sont très courantes dans les légendes. C'est bien connu, voyons ! Quel naïf tu fais !

— Moi, je suis naïf ! s'emporta tout à coup Porouc. C'est plutôt toi, oui ! Si nous partons à la recherche de cette cité, nous irons droit vers les ennuis, je le sens…

— Pfff ! Tu ne sens rien du tout. Tu as les foies, voilà tout !

Porouc se figea brusquement avant de lever l'index vers son compagnon.

— Personne, je dis bien, personne ne me dit que j'ai les foies !

— Ah, oui ! Eh bien, moi, je persiste à dire que tu as les foies !

Cette fois, le visage de Porouc se crispa pour finalement devenir rouge comme une écrevisse. Tous s'attendaient à ce que le cordier se jette violemment sur Mumbai, mais à leur grand étonnement, il n'en fit rien. Il souffla simplement :

— Bon, d'accord, je suis terrorisé à l'idée de partir à la recherche de cette cité, mais si vous aviez vu ce que j'ai vu, vous seriez tous aussi effrayés que moi.

— Et qu'as-tu vu, peut-on le savoir ? lui demanda Mumbai.

Porouc hésita un instant.

— Voilà. Quand la grotte s'est affaissée après que nos amis eurent sauté à la mer, j'ai vu la créature qui nous a attaqués jaillir du nuage de poussière. Elle volait littéralement dans les airs à cheval sur une sorte de spectre flottant. Je sais que beaucoup ne voudront pas me croire, mais c'est la stricte vérité pourtant. Je n'ai pas rêvé. Je les ai vus comme je vous vois…

— Ne l'écoutez pas, mes amis, répliqua Mumbai, toujours très décidé à découvrir cette cité. Pensez plutôt à tout cet or qu'on pourrait rapporter. Imaginez, une pyramide entièrement recouverte d'or ! Vous vous rendez compte ? Avec tout cet or, on en aurait assez pour le reste de notre vie, et pas seulement pour nous, mais pour nos familles aussi. Ne serait-ce pas merveilleux de leur offrir cette sécurité ?

— Il a raison ! appuya Yasar. Si nous avons une chance d'être tous riches, eh bien, nous devons la saisir. Cette vie de marin est peut-être celle que nous avons choisie, mais chaque jour, ou presque, nous sommes là à nous demander comment nous allons continuer à subvenir à nos besoins. Nous sommes près de deux cents sur ce navire et nos ressources fondent à vue d'œil. Toutes les richesses que nous avons obtenues jusque-là ne suffiront pas, vous le savez très bien. Et ce n'est pas cette bourse d'or inépuisable offerte par cette sirène qui nous contentera[3]. Tôt ou tard, certains d'entre nous quitteront le navire pour rejoindre leurs familles ou connaître une autre vie. Il faudra bien alors que ces personnes aient de quoi vivre décemment...

— Bien parlé, l'ami ! se réjouit Mumbai.

Le marin originaire des Indes observa les visages autour de lui. D'autres marins semblaient enfin convaincus par son projet. Il lui manquait cependant l'appui de quelqu'un qui ferait assurément pencher la balance de son côté. Cet homme n'était nul autre que Le Bolloch, reconnu pour avoir une forte influence sur l'équipage. Mais jusque-là, il n'avait toujours pas ouvert la bouche. Aussi Mumbai lui demanda-t-il de choisir son camp sans plus attendre.

---

[3] Voir le tome 4, *La Terre des Géants*.

— Alors, Le Bolloch, tu es des nôtres ?

Le maître-voilier sentit aussitôt tous les regards se tourner vers lui. Il prit son temps avant de répondre, comme s'il cherchait à cacher quelque chose. Il avoua finalement :

— Écoutez, les amis. Vous le savez, d'habitude, je prête rarement foi au dire de Porouc... Mais pour être honnête avec vous, ce qu'il dit avoir vu, je l'ai vu aussi.

— QUOI ! Mais c'est pas vrai ! s'étouffa presque Mumbai. Serais-tu tombé sur la tête, toi aussi ?

— Je le voudrais bien, assura Le Bolloch. J'aurais préféré ne pas avoir été témoin de cette apparition, mais c'est pourtant la stricte vérité, mes amis. Ce spectre volant et cette créature qui nous a attaqués étaient bien réels, croyez-moi. Je les ai vus traverser le nuage de poussière et longer un instant la falaise avant de disparaître de l'autre côté de l'île.

Porouc resta sans voix devant les révélations de celui qui l'avait si souvent décrié devant l'équipage. Il ne s'attendait vraiment pas à ce que Le Bolloch ait le courage de le défendre sur un fait aussi peu crédible. Mais il fut encore plus étonné lorsqu'un second marin, puis un troisième avouèrent à leur tour avoir vu la même chose. Les aveux de Le Bolloch avaient pour ainsi dire poussé tous les témoins à faire preuve d'honnêteté. Il paraissait alors évident que la présence du spectre et de la créature n'avait pu passer inaperçue aux yeux de tous.

LE CONFLIT INTERNE

Devant les révélations de Le Bolloch, Mumbai perdit plusieurs alliés. Les membres de l'équipage avaient tous une opinion très partagée quant à l'idée de partir à la recherche de cette Cité d'Or. Très vite, les uns se montèrent contre les autres, et une vive discussion s'engagea sur le pont au grand agacement du capitaine et de ceux qui étaient avec lui dans la cabine des deux savants. Ils n'avaient même pas pris le temps de se concerter sur la nécessité de cette quête que l'équipage était déjà divisé sur le sujet. La dispute prit d'ailleurs une telle ampleur qu'ils redoutèrent une mutinerie. Sans perdre de temps, le capitaine et Flibus tentèrent de calmer les esprits avec l'aide de Corsarez et du père Chouard venu les rejoindre au plus vite, mais sans grand résultat. C'était comme si un esprit maléfique avait brusquement surgi à bord pour créer la zizanie. D'un côté, les partisans de Mumbai menaçaient de s'emparer du navire si leur demande n'était pas prise en considération; de l'autre, les défenseurs de Porouc se refusaient à tout chantage pour les pousser à changer d'avis. À l'exception du docteur Rogombo occupé auprès de ses malades et de Lin Yao forcée par son oncle à attendre dans sa cabine, personne ne resta à l'écart du conflit. Même Broton n'hésita pas à quitter son poste pour prendre part à l'affrontement de plus en plus inévitable. Lui aussi s'estimait en droit de donner son avis. Se dégourdir un peu les jambes lui ferait le plus grand bien également, surtout après le récent coup reçu à la tête.

• • •

Du coup, la Tête de mort avait de nouveau le champ libre. Elle n'avait malheureusement pas pu récupérer toutes ses affaires tombées sur la plateforme d'observation. Elle souffla de soulagement :

« Eh bien, voilà qui n'est pas trop tôt ! Certes, je n'aurais jamais pensé provoquer un début de mutinerie pour arriver à mes fins, mais au moins, j'ai pu me débarrasser de la vigie. Ce Broton a vraiment le crâne solide. Il est resté inconscient à peine deux minutes après que la latte l'a frappé à la tête. Résultat, je n'ai même pas eu le temps de tout remonter. J'aurais dû l'assommer avec ce boulet comme je l'avais prévu au départ. Enfin… L'important, c'est qu'il ait quitté son poste… »

Sans perdre un instant de plus, déterminée, la Tête de mort commença à détacher son drapeau pour pouvoir descendre du mât lorsque son regard s'arrêta au loin.

« Tiens, mais que vois-je ? Serait-ce un navire qui approche ? »

Oubliant tout à coup son objectif, elle attrapa sa longue-vue et la pointa vers l'horizon.

« Par mon os frontal ! Un bateau affichant le pavillon noir. Il vient droit sur nous, en plus. Misère ! Que va-t-il arriver s'il nous attaque ? Je n'aurai peut-être pas le temps de récupérer mes biens, ou pire encore, je pourrais les perdre à tout jamais si notre navire venait à sombrer. Si mes amis réagissent à temps, ils pourraient nous débarrasser de ces pirates. Mais Broton a abandonné son poste pour se mêler au conflit interne. Quelle malchance ! Qui va avertir l'équipage et nous sortir de ce pétrin ? Je parie que c'est moi, encore une fois. J'en étais sûre, c'est toujours pareil ! Je dois tout faire sur ce bateau. Et je ne suis même pas payée, en plus. Pas étonnant que je sois aussi soucieuse de préserver mes biens ! On ne me donne jamais rien. Je me saigne aux quatre veines pour ces marins, ou plutôt je me casse les os pour les aider, et je n'ai même pas le moindre remerciement. À croire que c'est le lot de tout héros qui, comme moi, agit dans l'ombre ! Enfin, que voulez-vous ? Telle est ma destinée… Bon, ce n'est pas qu'il me déplaise de parler de moi, mais comment vais-je annoncer la présence de ce navire ? Avec le raffut qu'ils font sur le pont, je crains qu'ils ne m'entendent pas… Je vais quand même essayer… OHÉ, EN BAS ! VOUS M'ENTENDEZ ? NAVIRE ENNEMI EN VUE ! »

Ne notant aucune réaction, la Tête de mort tenta à nouveau d'avertir l'équipage en criant encore plus fort, mais sans résultat.

« Mais ils sont tous bouchés de l'os temporal, ma parole ! S'ils restent là à se disputer, ils n'auront pas le temps de se préparer au combat. Comme dirait Porouc en pareilles circonstances, nous allons tous y passer, c'est certain. Il faut pourtant que j'avertisse ces marins par tous les moyens. »

Face à l'urgence, la Tête de mort de *La Fleur de lys* essaya tant bien que mal de garder son sang-froid pour mieux réfléchir. Elle n'y parvint pas cependant et hurla sans s'arrêter tout ce qui lui vint à l'esprit :

« AU FEU ! LE NAVIRE PREND L'EAU ! LA PESTE NOIRE EST À BORD ! TOUS LES BARILS DE RHUM ONT ÉTÉ PERCÉS ! ON NOUS A VOLÉ NOTRE CARGAISON ! J'AI TRÈS ENVIE DE FAIRE PIPI ! JE SUIS SUR LE POINT D'ACCOUCHER ! JE VOUS AI DÉNONCÉS AU PERCEPTEUR D'IMPÔTS ! IL ARRIVE SUR UN BATEAU AVEC TOUTE UNE ARMÉE ! SA VIEILLE MÈRE EST À BORD, C'EST UNE SORCIÈRE À LA SOLDE DU GOUVERNEMENT ! ELLE VIENT VOUS JETER UN SORT ! »

La Tête de mort eut beau crier, personne ne lui prêta la moindre attention. Épuisée, elle finit par abandonner, tandis que le navire ennemi approchait dangereusement. En pointant à nouveau sa longue-vue, elle vit un équipage qui se préparait au combat, les armes à la main, visiblement assoiffé de sang et de butins. Les intentions de ces marins ne faisaient pas l'ombre d'un doute.

• • •

Pendant ce temps, sur le navire en question, les pirates s'attendaient à rencontrer une résistance acharnée en notant la présence d'un pavillon noir sur le bateau qu'ils s'apprêtaient à aborder. Ils pensaient avoir déjà été repérés, mais ils s'étonnèrent de ne voir aucune réaction de la part de l'ennemi. Dans l'éventualité d'une ruse, le capitaine avertit ses hommes afin qu'ils restent sur leurs gardes sans pour autant changer la manœuvre d'approche. Toutefois, lorsqu'ils furent arrivés à une encablure du navire adverse, il ne put s'empêcher de se questionner en pointant sa longue-vue :

— Sacrebleu ! Mais pourquoi ces marins n'ont-ils pas encore réagi à notre présence ?

— Ils sont peut-être déjà tous morts, envisagea le quartier-maître.

— Mais non, ils sont bien vivants. Je vois un grand nombre d'hommes rassemblés sur le pont.

— C'est qu'ils se préparent au combat alors !

— Oui, c'est ce que j'ai cru au premier abord, reconnut le capitaine au tricorne noir délavé, mais ce n'est pas du tout le cas ! Aucun d'eux ne regarde dans notre direction. On dirait bien qu'ils ne nous ont pas encore vus.

— Mais comment est-ce possible ? s'interrogea le quartier-maître. Que fait leur vigie ?

— Elle n'est pas à son poste, déclara le capitaine en dirigeant l'objectif vers le grand mât. C'est incroyable ! En vingt ans de navigation, je n'ai jamais vu une telle situation. Nous sommes à moins d'une encablure de leur navire, prêts à les aborder, et ces marins ne sont même pas en position pour nous recevoir. Pourtant, ils me paraissent bien actifs sur le pont. J'en vois plusieurs qui s'agitent, les armes à la main et... Oh, attendez ! Eh bien, si je m'attendais à voir ça...

— Que se passe-t-il, capitaine ? s'inquiéta tout à coup le quartier-maître au visage buriné par le soleil.

— Je crois qu'ils sont en pleine mutinerie sur ce bateau. Je distingue deux groupes qui semblent s'opposer.

— Puis-je, capitaine? demanda le second du commandant en tendant le bras.

— Tenez, vous pourrez confirmer mes observations.

Quelque peu incrédule, le quartier-maître pointa à son tour la longue-vue sur le pont du navire ennemi.

— Que le diable m'emporte! Il s'agit effectivement d'un début de mutinerie. Eh bien, voilà qui nous facilitera la tâche!

— Je n'en serais pas aussi sûr à ta place, assura le capitaine. On ne doit pas écarter le fait qu'il s'agit peut-être d'une ruse. Tant que la bataille n'est pas terminée, on ne peut jamais prétendre qui sera le vainqueur. Crois-en ma longue expérience.

Sans plus attendre, le capitaine ordonna la manœuvre finale d'abordage. Aussitôt, le timonier tourna sa barre afin de placer le

navire parallèlement à celui de l'ennemi. Tous les hommes étaient à leur poste de combat, attendant l'ordre de lancer les grappins. Pourtant, lorsque leur bateau s'arrêta face à la frégate, le capitaine ne put se résoudre à attaquer sans la moindre riposte. Surpris par le manque de réaction de ses adversaires, il tira un premier coup de pistolet dans les airs, en guise d'avertissement, mais sans résultat.

— Quels sont vos ordres, capitaine ? pressa le quartier-maître. On les aborde ?

— Non, pas encore. Tout ceci est absurde. Ce n'est pas ainsi que j'envisageais ce combat. Envoyons plutôt un homme sur leur bateau afin qu'il s'enquière de la situation. Ensuite, nous aviserons.

Personne n'osa cependant se porter volontaire pour se rendre seul sur le navire ennemi. Aussi le capitaine n'eut-il d'autre choix que de désigner lui-même le marin en le menaçant de l'abattre sur-le-champ s'il n'exécutait pas son ordre. Le matelot, à peine âgé de dix-huit

ans, lança finalement son grappin et se suspendit au cordage pour atteindre l'autre bateau. Arrivé sur le pont, il resta surpris de ne voir personne venir vers lui. Il y avait pourtant un grand nombre de marins, mais ils étaient tous engagés dans une vive discussion, chacun cherchant à lever la voix plus haut que l'autre. Jamais il ne se serait attendu à vivre une pareille situation en devenant marin. Tout en restant sur ses gardes, il s'avança vers les premiers hommes et tenta de comprendre la raison de leur dispute.

— Qui es-tu, toi ? Je ne t'avais encore jamais vu ! demanda tout à coup Martigan en le frappant à l'épaule. Je n'ai pourtant qu'un seul œil de valide, mais les visages, je ne les oublie pas.

— Je m'appelle McFly... Je ne fais pas partie de cet équipage.

— Dans ce cas, retourne d'où tu viens et ne remets plus jamais les pieds ici ! Ce qui se passe sur ce navire ne te regarde pas !

— Bon, très bien, je m'en vais.

Quelque peu déstabilisé, le jeune marin s'écarta et grimpa à l'échelle de corde pour lancer à nouveau son grappin, mais vers son navire cette fois. Toutefois, avant de se suspendre au cordage, il se retourna une dernière fois en murmurant :

— Quand je vais raconter cette histoire aux autres, pour sûr, ils ne me croiront jamais. Je me demande bien d'où sortent ces marins.

De retour sur son bateau, le jeune homme raconta mot pour mot ce qu'il avait entendu, ce qui ne manqua pas de provoquer les rires de ses compagnons. Le capitaine, par contre, ne l'entendit pas de la même oreille. Il s'emporta brusquement :

— Je ne vois rien de drôle, monsieur McFly. Aussi, je vous ordonne de retourner sur ce navire pour expliquer à ces marins qui nous sommes et quelles sont nos intentions ! Vous direz à leur capitaine que je leur donne cinq minutes pour se préparer au combat à compter de votre retour.

Et précisez aussi que je ne leur accorderai aucune autre faveur !

Le marin exécuta l'ordre sans discuter et aborda à nouveau *La Fleur de lys* avec son grappin. Une fois sur le pont, il essaya tant bien que mal de se faufiler entre les deux groupes qui s'opposaient toujours avec la même vigueur.

— Hé, McFly ! Je t'avais dit de ne plus jamais remettre les pieds ici ! l'interpella Martigan.

— Oui, je sais, mais c'est mon capitaine qui m'envoie à nouveau. Il m'a transmis un message pour votre capitaine. Sauriez-vous où je peux le trouver ?

Martigan souffla d'agacement avant de regarder autour de lui.

— Il est là-bas. C'est l'homme à la tunique rouge assis sur une chaise roulante.

— Comment, c'est lui, votre capitaine ? Mais il est…

— Infirme, et alors ? Je suis bien borgne et pourtant ça ne m'empêche pas de faire mon travail efficacement. Ne te fie jamais aux apparences, petit ! Notre capitaine est loin d'être un impotent. Il pourrait défaire à lui seul toute une flotte s'il le voulait…

— Bon, si vous le dites.

Sans plus attendre, le jeune marin se dirigea vers l'homme qu'on lui avait désigné. Les cris des uns et des autres étaient si forts qu'il devait se boucher les oreilles en passant. Personne ne fit attention à lui, jusqu'au moment où un homme à la carrure imposante lui barra le chemin.

— J'ai… un message pour votre capitaine, dit-il aussitôt, la gorge nouée.

— Laisse-le passer, Bristol ! ordonna le capitaine Kutter avant de reprendre sa discussion tendue avec Flibus. Je sais très bien ce que j'ai à faire ! Que je sache, c'est encore moi le commandant sur ce navire…

— Certes, capitaine, mais je persiste à dire que nous devrions envoyer une expédition au Mexique afin de contenter tout le monde. Ceux qui ne voudront pas s'y rendre n'auront qu'à rester sur le navire, et voilà.

— Heu… excusez-moi ! fit le jeune marin.

— Non, nous irons tous ou personne n'ira !

— Eh bien, allons-y tous dans ce cas ! répliqua Flibus.

— Non ! Cette expédition comporte trop de risques selon moi.

— S'il vous plaît… insista timidement le jeune marin.

— OH, MAIS VOUS AVEZ FINI DE NOUS INTERROMPRE ! s'énerva le capitaine Kutter en se tournant vers le jeune étranger. Vous parlerez quand je vous en donnerai l'ordre.

— Veuillez me pardonner, capitaine. Je ne voulais pas m'immiscer dans votre discussion, mais j'ai un message urgent de la part de mon capitaine.

Le commandant de *La Fleur de lys* se figea tout à coup comme s'il essayait d'analyser les propos du jeune marin. Il poursuivit cependant sa conversation avec Flibus.

— Je ne vous comprends pas, d'habitude vous ne discutez jamais mes ordres.

— C'est exact, capitaine, mais sauf votre respect, vous commettez selon moi une grave erreur en vous opposant à cette expédition. Vous voyez bien que l'équipage est au bord de la mutinerie.

— Écoutez, je comprends votre point de vue, mais auriez-vous déjà oublié que vous avez failli laisser vos vies dans cette grotte? Dans cette affaire, tout porte à croire que nous sommes en présence de forces qui nous dépassent. Nous avons suffisamment connu de tels adversaires pour en mesurer les dangers. Je ne tiens pas à risquer encore vos vies pour une hypothétique cité d'or.

— Heu… Navré d'insister, intervint encore une fois le jeune émissaire, mais mon capitaine me fait dire qu'il vous donne cinq minutes pour vous préparer au combat à compter du moment où je regagnerai notre navire.

— OH, MAIS VOUS M'AGACEZ, À LA FIN ! s'emporta le capitaine Kutter. Vous ne voyez pas que nous sommes en plein conflit interne. Dites à votre capitaine que nous n'avons rien à faire de ses menaces. S'il tient vraiment à nous combattre, eh bien, qu'il attende ! Nous serons ravis de nous mesurer à vous, mais pas avant d'avoir rétabli l'ordre sur ce navire.

Le jeune marin ne sut quoi répondre et se résigna à quitter le navire. Il ne remarqua pas cependant qu'une jeune fille le suivait de loin.

Cachée derrière la rambarde du gaillard d'avant, Lin Yao n'avait rien manqué de la conversation malgré les consignes de son oncle. Elle n'avait eu aucune envie d'attendre dans sa cabine que la situation se calme. Elle se rendait bien compte de la gravité du conflit. Depuis qu'elle vivait à bord, elle n'avait encore jamais vu ses amis se disputer avec autant d'ardeur. Elle réalisait tout à coup combien la vie de marin était difficile et que ses amis n'étaient pas à l'abri d'un désaccord pouvant conduire à une mutinerie. Discrètement, elle épia donc le déplacement du jeune marin qui regagna son navire.

LE PLAN DE LIN YAO

En recevant le rapport de son émissaire, le capitaine pirate devint rouge de colère. C'était plus qu'il ne pouvait en supporter. Jamais, de toute sa vie, il ne s'était senti aussi humilié par des adversaires totalement indifférents à ses menaces. Sans plus attendre, il sortit sa montre de gousset et avertit ses hommes de se tenir prêts à l'abordage.

Observant la manœuvre depuis son drapeau, la Tête de mort de *La Fleur de lys* comprit très vite que l'attaque était imminente. Prise de panique, elle chercha par tous les moyens comment se sortir de ce mauvais pas.

« Si je parviens à attirer ces goélands qui nous survolent, je pourrais les attacher au drapeau pour m'aider à fuir. Je n'ai pas d'autre choix. Mes compagnons n'y échapperont pas cette fois. J'ai pourtant tout essayé pour les avertir, mais ils n'ont rien voulu entendre. Tant pis pour eux. Moi, je ne reste pas une minute de plus sur ce navire! Je mets les voiles! »

Pendant ce temps, Lin Yao surveillait, elle aussi, les agissements de ces pirates mal intentionnés. Inquiète pour la vie de ses amis, elle tenta de les alerter à son tour, mais personne ne l'écouta. Ne voyant pas d'autre solution, elle décida donc de prendre les choses en mains. Elle n'avait pas peur d'affronter ces pirates, mais elle se voyait mal les arrêter toute seule. Sans perdre un instant de plus, elle descendit par les écoutilles et se présenta devant l'enclos à animaux qui n'était plus sous la surveillance d'Antonin, le gardien, monté lui aussi sur le pont pour se mêler à la dispute.

— Vite, j'ai besoin de vous! Le navire est sur le point d'être abordé par une bande de pirates et nos compagnons refusent de s'engager dans un combat en raison de leur stupide désaccord.

— Que pouvons-nous faire? demanda Castorpille, prête à agir.

— Vous allez m'aider à défendre le navire.

— Voyons, t'es pas sérieuse! s'écria Margarete, la vache laitière. On n'y arrivera jamais. On ne sait pas se battre.

— Mais si, vous verrez, vous n'aurez qu'à suivre mon plan, assura Lin Yao tout en se tournant vers Ratasha. Penses-tu pouvoir convaincre ta colonie de se joindre à nous? Sans vous, nous n'y arriverons pas.

— Ne t'inquiète pas, j'en fais mon affaire, assura la jeune rate.

— Très bien. Dès que vous serez prêts, vous nous rejoindrez sur le pont, expliqua la jeune Chinoise. En attendant, les autres, suivez-moi! Il n'y a plus une minute à perdre.

Ratasha s'était déjà faufilée par un trou pour aller avertir ses congénères, tandis que ses amis se dirigeaient rapidement vers le monte-charge. Une fois sur le pont supérieur, Lin Yao envoya chaque membre de son équipe sur les planches éjectables mises au point par son oncle et maître Fujisan. Après tous ces mois passés en mer, elle savait parfaitement où étaient situés tous les pièges installés sur le bateau. Elle se dépêcha ensuite de regagner sa cabine et se positionna devant le tableau de commande. Sans plus attendre, elle tira sur les leviers des planches éjectables.

Sur le navire pirate, le capitaine avait les yeux fixés sur sa montre de gousset. Dans l'attente des dernières secondes, il leva son bras pour se préparer à donner l'ordre d'abordage quand l'un de ses matelots s'écria :

— Regardez, quelque chose vient d'être lancé du navire ennemi !

— Hé, mais on dirait une vache !

— ATTENTION ! Ils nous attaquent avec des animaux !

Le capitaine, qui avait toujours les yeux rivés sur sa montre de gousset, remarqua soudain une ombre grandissante se former devant lui. Il n'eut même pas le temps de lever la tête, car son quartier-maître le plaqua au sol au même moment.

En voyant le pont se rapprocher à toute vitesse, Margarete ferma les yeux. Elle frappa peu après la voile basse du grand mât avant de glisser sur la vergue qui cassa net sous son poids. Elle finit ensuite sa chute sur un tas de cordages soigneusement enroulés.

Les autres animaux envoyés par Lin Yao arrivèrent tout aussi vite. Sésame, la chèvre, et Topaze, le cochon autrichien, atterrirent tour à tour sur un groupe de marins restés figés sous l'effet de la surprise. Castorpille, elle, se retrouva projetée sur une échelle de corde et commença à gifler, avec sa large queue, les matelots qui s'apprêtaient à se lancer à l'abordage. Quelques-uns tombèrent directement à l'eau, d'autres chutèrent sur leurs compagnons rassemblés sur le pont. Deux marins restèrent encore accrochés un peu plus haut, mais le castor les rejoignit rapidement en grimpant à l'aide de ses griffes acérées.

— Alors, vous en voulez aussi ? jeta Castor-pille en arrivant à leur niveau.

— LE CASTOR A PARLÉ ! cria le premier matelot.

— QUELLE HORREUR ! NOUS SOMMES ATTAQUÉS PAR DES DÉMONS ! hurla l'autre marin en se jetant directement à l'eau.

Son compagnon l'imita sans attendre, tout aussi effrayé.

Au même moment, sur *La Fleur de lys*, Lin Yao avait déjà rejoint Ratasha et sa colonie au milieu du vacarme incessant causé par l'équipage toujours en dispute. Ravie de voir tous ces rats réunis en grand nombre sur le pont pour l'aider, la jeune Chinoise lança aussitôt un grappin vers le navire ennemi. Une fois qu'elle l'eut bien accroché, elle commanda aux rongeurs :

— Allez-y, vous pouvez commencer à traverser ! Je vais lancer un autre grappin un peu plus loin pour que vous puissiez monter à bord plus rapidement.

Ratasha, la première, longea le cordage en entraînant avec elle un grand nombre de ses congénères. Son père, le patriarche de la colonie, prit la direction du second groupe pour emprunter la corde suivante.

— REGARDEZ ! Nous allons être abordés par des rats ! avertit tout à coup un pirate.

À la vue de ces dizaines de rongeurs qui s'apprêtaient à envahir leur bateau, plusieurs marins sortirent leurs pistolets. Les coups de feu partirent dans tous les sens, mais pris de panique, aucun tireur ne fut capable de viser correctement sa cible.

— NOUS SOMMES PERDUS ! cria un matelot en voyant les premiers rats atteindre le pont.

Lin Yao laissa paraître enfin un sourire de satisfaction. Son plan se déroulait comme elle l'avait espéré. Mais elle ne s'arrêta pas là pour autant. Bien décidée à prendre part au combat, elle grimpa sur une échelle de corde et lança un dernier grappin. Elle se balança ensuite dans le vide et aborda à son tour le navire ennemi. En deux temps, trois mouvements, elle sauta d'un cordage à un autre en faisant tomber tous les matelots qui se trouvaient sur son passage. Elle n'hésita pas à se servir de ses mains et de ses pieds pour porter des coups bien placés, puis elle atterrit agilement sur le pont en exécutant un magnifique saut périlleux dans les airs.

Sur son pavillon noir, la Tête de mort de *La Fleur de lys* resta stupéfaite de voir le courage de la jeune Chinoise et des animaux vivant à bord de son navire. Quelque peu mal à l'aise de ne pas avoir fait davantage d'efforts pour aider ses amis, elle ne chercha plus à fuir comme elle l'avait prévu. Elle souhaita cette fois s'impliquer dans la bataille et voulut couper les cordelettes qu'elle avait attachées à quatre goélands. Ces derniers ne lui en laissèrent toutefois pas l'occasion. Effrayés par les bruits venant des deux navires, ils tirèrent brusquement et l'emportèrent dans les airs avec son drapeau.

« MAIS QU'EST-CE QUI VOUS PREND, LES VOLATILES ? pesta la Tête de mort. Je n'ai pas donné le signal de départ. Mais arrêtez, enfin ! Où m'emmenez-vous ? Ramenez-moi sur-le-champ à mon bateau, c'est un ordre ! »

Pendant ce temps, sur le navire des pirates, Lin Yao esquivait les attaques de ses adversaires avant de les désarmer un par un dans une série de parades acrobatiques. Autour d'elle, ses amis animaux étaient tout aussi actifs, ce qui lui donnait encore plus de courage. Margarete fonçait sur tout ce qui bougeait en criant comme maître Fujisan :

— BANZAÏÏÏ !

Sésame, la chèvre, se servait de ses cornes pour frapper tous les marins qui se trouvaient sur son passage. L'un d'eux, penché en avant avec son postérieur bien en évidence, passa même par-dessus bord après qu'elle l'eut percuté sans retenue.

— J'ai toujours rêvé de faire ça ! se réjouit-elle.

Témoin de la scène, Topaze, le cochon autrichien, félicita son amie pour sa prouesse avant de se jeter vers d'autres pirates paniqués qui couraient dans tous les sens pour échapper aux rats. Sans hésiter, il mordit le premier mollet qui passa devant lui.

— AÏE ! Mais ça va pas, le cochon ! se plaignit le matelot en brandissant son épée. Je vais te transformer en saucisses, moi, tu vas voir !

— Ah, oui ! rétorqua Topaze. Essaye un peu et tu peux être sûr que c'est moi qui vais te transformer en saucisses humaines.

— Sacrebleu, mais tu parles ! s'étonna le marin.

— En effet, et puisque tu arrives à me comprendre, j'ai justement quelque chose de très important à te dire. Approche-toi davantage pour que tu puisses bien m'entendre !

L'homme hésita, mais sa curiosité l'emporta. Il regarda autour de lui pour s'assurer que personne ne l'observait, puis il se pencha en présentant son oreille face au groin du cochon.

— Vas-y, je t'écoute.

Au même moment, Topaze se mit à hurler de toutes ses forces :

— MISÉRABLE MANGEUR DE COCHON ! ASSASSIN ! JE VAIS TE FAIRE REGRETTER DE NE PAS ÊTRE VÉGÉTARIEN !

Sous l'effet de la surprise, le marin recula maladroitement et tomba lourdement sur ses fesses. Cette fois, il était convaincu que le porc allait se jeter sur lui pour l'attaquer sauvagement.

— Par pitié, non !

Le regard sévère, Topaze ne bougea pas. Il attendit encore pour accentuer son emprise sur son adversaire avant de murmurer dans un souffle :

— BOUH !

Terrorisé, le marin se leva et déguerpit au plus vite sans savoir vraiment où aller. Complètement déboussolé au milieu des cris de ses compagnons assaillis par des dizaines de rats, il trébucha sur un tonneau, mais il repartit aussitôt pour courir droit devant lui et se jeter à la mer.

Assistant au combat depuis son drapeau qui survolait le navire pirate, la Tête de mort de *La Fleur de lys* se réjouit enfin de pouvoir être aux premières loges. Bien décidée à prêter main-forte à ses amis, elle chercha dans son repaire tous les objets dont elle n'avait plus vraiment l'utilité pour les jeter sur ses adversaires. Elle les attrapa un par un pour finalement les reposer :

« Non, pas le crachoir en laiton de grandpère. Il est trop précieux. Tiens, le vase de

Soissons que j'ai trouvé l'année dernière. À quoi bon le garder maintenant que j'ai recollé tous les morceaux ! Cela dit, si je le lance sur l'un de ces pirates à la noix, les livres d'histoire raconteront que c'est moi qui ai cassé le vase de Soissons. Je ne tiens pas non plus à avoir le crâne fendu comme ce soldat qui l'a brisé la première fois[4]. Je préfère que les générations futures se souviennent de moi comme d'une grande héroïne. Je veux laisser mon empreinte dans l'histoire de l'humanité ! proclama tout haut la Tête de mort avant d'apercevoir un boulet explosif à mèche courte. Oh oui ! Avec un boulet, j'arriverai à faire de

---

[4] L'évêque et historien Grégoire de Tours (né vers 539 et mort vers 594) situe l'anecdote légendaire du vase de Soissons en 486, lorsque Clovis 1er vainquit le Romain Syagrius et prit la ville de Soissons. Des soldats du roi des Francs pillèrent de nombreux biens dans les églises dont un vase d'une beauté extraordinaire. Par la suite, l'évêque de Reims demanda au roi de restituer au moins le vase, mais l'un de ses soldats s'y refusa et le brisa en rappelant l'égalité des guerriers dans le partage des dépouilles. Clovis avala l'affront mais, l'année suivante, passant en revue ses troupes, il reconnut le soldat insolent et lui fendit le crâne en disant : « Ainsi as-tu fait du vase de Soissons. »

gros dégâts sur ce navire. Hmm... Mais je mettrais aussi la vie de mes amis en danger. Finalement, ce n'est pas une bonne idée non plus. J'AI TROUVÉ ! Je vais envoyer tous mes cafards d'élevage dans ce capharnaüm. Je dois bien en avoir un bon millier dans mon bocal. Il est grand temps qu'ils mènent leur propre vie maintenant. Allez, hop ! Voilà qui est réglé. Je pourrai ainsi garder ma collection d'objets rares... »

Sans plus attendre, l'héroïque Tête de mort se saisit de son gros bocal rempli de cafards, en retira le couvercle et renversa le tout en survolant le pont du bateau ennemi.

« Allez, mes petits ! Vous voilà enfin libres. Sur ce navire, vous allez pouvoir trouver de la nourriture en abondance dans les cales et vous reproduire en grand nombre. Votre maman adoptive pensera toujours bien fort à vous ! »

Très émue, la nostalgique Tête de mort aurait bien voulu verser quelques larmes pour ses cafards qu'elle avait chéris durant des mois, mais comme sa constitution ne le lui permettait pas, elle leur envoya un tendre baiser qui s'envola au gré du vent. Après cette offensive, les cris des marins redoublèrent d'un bout à l'autre du navire pirate. Le désordre le plus total avait fini par s'y installer. Plusieurs se jetèrent encore à l'eau pour échapper à ce cauchemar. Jamais ils n'avaient vécu une expérience aussi horrible.

En quelques minutes, Lin Yao et son groupe d'intervention de choc obligèrent le reste de l'équipage à déposer les armes et à se rendre sur-le-champ. La victoire était complète. Le capitaine capitula sans résister en suppliant qu'on lui laisse la vie sauve. Les hommes qui étaient encore avec lui le regardèrent avec mépris pour son manque de courage. Ils se sentaient déjà suffisamment humiliés d'avoir été battus par une jeune fille à la tête d'une bande d'animaux parlants.

Debout sur la rambarde pour être vue de tous, Lin Yao proclama d'un ton autoritaire :

— Nous vous laissons la vie sauve et le droit de rester sur votre navire, mais gare à vous si nous croisons à nouveau votre route !

— Vous avez notre entière gratitude, valeureuse jeune fille ! remercia le capitaine pirate. Soyez sans crainte, plus jamais vous n'aurez à nous revoir, je vous en donne ma parole.

— Et n'oubliez pas de passer le message à tous vos amis pirates ! crut bon de rajouter Castorpille. Dites-leur qui nous sommes et comment nous traitons ceux qui s'opposent à nous !

— Cela va de soi ! reconnut le capitaine, tandis que Lin Yao s'adressa discrètement au castor en mettant la main près de sa bouche.

— Il ne faudrait pas en faire trop, tout de même…

— Ben, quoi ? Il faut bien que tous ces pirates sachent à qui ils ont affaire. Si on peut éviter d'en croiser d'autres à l'avenir, on s'en portera mieux, non ?

Lin Yao n'insista pas et donna finalement l'ordre à son équipe de regagner *La Fleur de lys*. La colonie de rats et Castorpille traversèrent les passerelles de corde, tandis que Margarete et les autres animaux sautèrent directement à l'eau pour emprunter le monte-charge mis au point par les deux savants. Ces derniers avaient conçu une plateforme en bois qui pouvait être descendue et remontée le long de la coque. Elle facilitait notamment les déplacements du capitaine lorsqu'il devait descendre dans la chaloupe.

LES TROMBES MARINES

Les pirates qui s'étaient jetés à la mer regagnèrent rapidement leur navire en voyant leurs adversaires repartir. Ils ne perdirent pas de temps à discuter entre eux et levèrent aussitôt l'ancre pour mettre les voiles. Ils ne s'attardèrent pas à évaluer les dégâts. Ils devaient en premier lieu se trouver un abri le plus loin possible de cet endroit maudit. Ils auraient ensuite tout le temps nécessaire pour penser aux réparations et se remettre de leur terrible épreuve.

Sur *La Fleur de lys*, Lin Yao s'assura que toute son équipe était bien remontée à bord, puis elle remercia vivement tous les participants. Ravie qu'il n'y ait eu aucun blessé, elle jeta enfin un dernier regard vers le navire pirate qui disparaissait à l'horizon. Elle se demanda alors comment elle avait pu s'engager dans un combat aussi risqué. Peut-être avait-elle simplement obéi à son instinct de survie ou à la grande affection qu'elle portait à ses amis marins, soudain en danger, ou bien les deux à la fois. Somme toute, elle n'en avait aucune idée, mais elle était sûre d'avoir pris la bonne décision en prenant la direction de cette opération. Son acte héroïque n'avait rien à voir avec son désir de se donner une place respectable sur le navire, loin de là. Au début, même si plusieurs marins de *La Fleur de lys* avaient été très réticents à accueillir une jeune fille à bord, tous s'étaient finalement vite attachés à elle. Ils connaissaient maintenant son caractère déterminé et son tempérament quelque peu espiègle, mais avant tout, ils avaient appris à la respecter. À leurs yeux, dorénavant, elle faisait partie de l'équipage et plus personne n'imaginait la voir ailleurs.

Sans chercher à recevoir les remerciements du commandant et de l'équipage, Lin Yao s'apprêta à raccompagner ses amis animaux dans leur enclos, lorsque le capitaine se mit à hurler au milieu du vacarme causé par ses hommes toujours plongés dans leur grande dispute :

— QUE FONT TOUTES CES BÊTES SUR LE PONT ?

Soudain, un grand silence s'installa.

Chacun regarda autour de lui et constata enfin la présence des animaux avec une quantité impressionnante de rats.

— C'est moi qui les ai fait monter sur le pont ! avoua Lin Yao.

— Mais pour quelle raison, enfin ? demanda le capitaine en baissant la voix, mais avec autant d'autorité. Tu sais bien que je ne tolère pas les rassemblements non autorisés d'animaux sur le pont. C'est ce dont nous avions convenu depuis le début…

— En effet, capitaine, admit Ratasha, debout sur un tonneau. Mais sans l'intervention de Lin Yao, nous aurions été abordés par une bande de pirates. C'est grâce à elle si nous sommes parvenus à les repousser. Il fallait bien que quelqu'un agisse à votre place tout de même. Avec votre stupide dispute, vous nous avez tous mis en grand danger. Vous devriez avoir honte ! Votre comportement irresponsable aurait pu nous coûter la vie. Et dire que je vous enviais d'être humains. Mais, aujourd'hui, je me rends compte que je n'ai pas à avoir honte d'être un rat, tout comme mes amis ici présents n'ont pas à avoir honte d'être des animaux. Car cela ne nous a pas empêchés de faire preuve d'entraide et d'humanité envers vous, avec l'aide de Lin Yao ! Nous pouvons d'ailleurs tous la remercier pour la confiance qu'elle nous a témoignée. Aussi, capitaine, avec tout le respect que je vous dois, prenez-le comme il vous plaira ! Voilà ce que j'avais à dire !

La jeune rate se retourna en laissant retomber ses pattes avant par lassitude, puis elle descendit du tonneau sous les regards remplis d'admiration de sa colonie et de ses amis animaux.

Lin Yao apprécia tout autant l'intervention et tendit sa main pour qu'elle grimpe dessus.

— Merci, Ratasha.

— Bah ! Ce n'est rien. J'avoue néanmoins que ça m'a fait un bien fou de dire à tous ces marins ce que je pensais de leur comportement.

Soudain mal à l'aise, le capitaine et ses hommes se regardèrent sans trop savoir quoi répondre.

— Mais oui ! s'écria tout à coup Martigan. Je me souviens maintenant de ce jeune marin qui était soi-disant venu nous apporter un message de son capitaine. Comment a-t-on pu laisser cette bande de pirates nous approcher sans réagir ?

— Il faut croire que nous étions trop aveuglés par nos querelles pour réaliser la gravité de la situation, fit remarquer à son tour le capitaine. Moi-même, je n'ai pas pris la peine de mesurer la portée de son message. C'est impardonnable ! Aussi, Lin Yao, je te prie d'accepter mes excuses et celles de l'équipage. Il en va de même pour tous les animaux qui ont pris part à ce courageux combat. Recevez de nous tous notre entière gratitude !

« ET MOI ! JE COMPTE POUR DES MIETTES ! cria au même moment la Tête de mort, toujours dans les airs, tirée par quatre goélands. Encore une fois, personne ne pense jamais à me remercier. J'ai pourtant ma part de mérite dans cette victoire. Et mes cafards ! Eux aussi ont contribué à l'effort de guerre. Ils n'ont pas hésité à se sacrifier… Enfin, je les ai un peu aidés, même beaucoup, je dirais… Mais la moindre des choses serait de reconnaître leur héroïsme tout autant que le mien. »

Notant tout à coup qu'elle s'éloignait de plus en plus de son navire, la Tête de mort s'en prit cette fois à ses quatre porteurs.

« Hé ! Mais où allez-vous, stupides volatiles ? Vous prenez la mauvaise direction. Faites demi-tour sur-le-champ, c'est un ordre ! OHÉ ! Il y a quelqu'un là-haut ? Mais vous êtes durs de la feuille, ma parole ! »

Voyant qu'elle n'arriverait à rien avec ces goélands, l'impatiente Tête de mort se résigna à trouver un autre moyen de regagner son bateau. Sans plus attendre, elle attrapa sa dague et sectionna une par une les cordes qui retenaient son pavillon volant. Libérée de ses liens, elle se laissa finalement porter par le vent en tirant sur les quatre extrémités de son drapeau à la manière d'un parachute. Elle s'était soudain rappelé la fois où ses amis avaient utilisé ce moyen de transport pour quitter l'île des Géants[5]. Elle espérait ainsi pouvoir atteindre le navire en manœuvrant correctement son parachute de fortune. Il ne lui fallut que quelques minutes pour se poser

---

[5] Voir le tome 4, *La Terre des Géants*.

sur son mât, juste avant que Broton ne remonte sur sa plateforme d'observation.

• • •

À la suite de cet incident regrettable, l'ordre s'installa à nouveau à bord de *La Fleur de lys*. Reconnaissant sa part de responsabilité, le capitaine Kutter prit aussitôt la parole et fit connaître sa décision :

— Nous mettrons donc le cap sur le Mexique.

— Pour le capitaine ! HIP ! HIP ! HIP !

— HOURRAAA ! acclama le groupe mené par Mumbai.

— Attendez, messieurs, pas si vite ! coupa cependant le capitaine. Je n'ai pas terminé. Sachez que je ne prends parti ni pour un camp ni pour l'autre. Ma décision ne vise que notre bien à tous. C'est pourquoi je ne forcerai pas ceux qui sont opposés à cette expédition. Comme le suggérait Flibus, à juste titre d'ailleurs, nous pouvons très bien envoyer un groupe à la recherche de cette Cité d'Or. Mais vous devez savoir qu'une telle opération en territoire inconnu ne nous garantira pas le succès. Au contraire, il est fort possible que nous rencontrions de nombreux obstacles et même que certains d'entre nous n'en reviennent pas vivants. Vous avez entendu ce qu'a dit Corsarez. À ce jour, aucune expédition n'a été en mesure de découvrir cette mystérieuse cité. Nous ne sommes donc même pas sûrs de son existence. Par conséquent, et afin de satisfaire les parties opposées, seuls les volontaires y prendront part.

La décision du capitaine reçut aussitôt l'approbation générale, au grand soulagement de Lin Yao et des animaux, qui purent enfin retourner à leurs occupations.

• • •

Le lendemain matin, à la première heure, *La Fleur de lys* s'éloigna finalement de l'îlot perdu au milieu du golfe du Mexique. Après une nuit de sommeil profitable, la bonne humeur avait repris sa place, laissant loin derrière les disputes de la veille. Des matelots, qui s'étaient opposés dans ce conflit interne, se mirent même à chanter en chœur, tandis que d'autres discutaient en toute amitié, riant et plaisantant comme à l'habitude. C'était tellement plus plaisant de vivre ensemble sans se crier dessus.

Malheureusement, le navire avait à peine parcouru quelques milles marins que Broton avertit déjà du haut de son mât :

— TEMPÊTE EN VUE ! DROIT DEVANT !

— Oh non, pas encore ! pesta Tétrapoulos, le timonier, tout en maintenant la barre.

Sur la passerelle de commandement, Flibus pointa rapidement sa longue-vue et observa l'épais nuage sombre qui se dessinait au loin.

— Hmm… En effet, voilà une grosse tempête.

— Pourrons-nous l'éviter ? demanda Corsarez, placé juste à côté de son ami.

— Certainement. En déviant légèrement notre cap, nous devrions être en mesure de la contourner et de rependre ensuite notre route.

Le quartier-maître de *La Fleur de lys* s'apprêta à confirmer son ordre, mais le matelot à la vigie ne lui en laissa pas le temps.

— TEMPÊTE EN VUE ! PAR TRIBORD !

Incrédules, plusieurs marins tournèrent la tête pour voir de leurs propres yeux ce que venait d'annoncer Broton. Tous notèrent alors avec stupeur un second nuage sombre très nettement détaché du premier situé droit devant. Jamais ils n'avaient vu un tel phénomène atmosphérique montrant deux tempêtes bien distinctes. Ils n'étaient cependant pas au bout de leur surprise, car Broton en rapporta bientôt une autre par bâbord, puis encore une quatrième qui se formait derrière eux. *La Fleur de lys* se trouvait soudainement encerclée.

— Ce n'est pas possible ! s'exclama Flibus en pointant sa longue-vue dans les directions annoncées.

— Il se passe quelque chose d'anormal, fit remarquer Corsarez.

— Je ne te le fais pas dire, Émilio.

— Comment allons-nous faire pour éviter toutes ces tempêtes ?

— Malheureusement, je crains que nous soyons obligés de les affronter. Le capitaine avait raison depuis le début. Il disait avoir un mauvais pressentiment au sujet de cette expédition. Nous en avons maintenant la confirmation. Il faut aller l'avertir de ce qui nous attend.

Sans perdre une minute, Corsarez descendit de la passerelle de commandement, tandis que Flibus donnait ses directives à l'équipage.

Le timonier reçut finalement l'ordre de garder le cap, le temps de voir l'évolution du phénomène. Bientôt, le ciel s'assombrit de façon inquiétante, faisant disparaître les derniers rayons de soleil à plusieurs milles marins à la ronde. En quelques minutes, les quatre gros nuages sombres ne formèrent plus qu'une seule masse tout autour de *La Fleur de lys*. Le vent se leva lui aussi et la mer commença à s'agiter dangereusement sous les regards effrayés de l'équipage. Situé aux premières loges depuis les hauteurs de son mât, Broton s'agrippa fermement à la rambarde de sa plate-forme d'observation. Jamais il n'aurait pensé être témoin d'un tel phénomène climatique. Il avait affronté de nombreuses tempêtes au cours de sa vie de marin, mais aucune de la sorte. La dernière qui les avait frappés quelques jours plus tôt, aussi terrible fût-elle, paraissait bien faible face à celle-ci. Ce qu'il vit alors se produire sous ses yeux le sidéra au plus haut point. Soudain, à une encablure de leur position, il constata la formation d'une tornade d'eau. Plutôt insignifiante au départ, elle commença cependant à prendre du volume et à s'élever rapidement dans les airs. Il avertit aussitôt :

— TROMBE MARINE À BÂBORD AVANT !

Alerté, Flibus se tourna dans la direction annoncée et réagit conséquemment à la menace.

— Cap à l'est, monsieur Tétrapoulos !

Tandis que le navire tanguait déjà dangereusement sous l'effet de la houle, le timonier grec expérimenté manœuvra prestement la barre quand il entendit une nouvelle alerte de la vigie.

— TROMBE MARINE À TRIBORD ARRIÈRE !

Broton n'en resta malheureusement pas là et annonça presque à la suite une troisième tornade d'eau, puis une quatrième. D'autres se formèrent également un peu partout à tel point qu'il devint difficile de les dénombrer. *La Fleur de lys* était indéniablement prise au piège.

— NOUS ALLONS TOUS Y PASSER ! paniqua Porouc, les yeux remplis de terreur. On n'aurait jamais dû prendre ce cap. Je le savais. Cette expédition était une folie !

Cette fois, tous les membres d'équipage furent convaincus de vivre leur dernière heure tellement la situation devenait désespérée. Au prix de grands efforts, le timonier tourna une nouvelle fois la barre dans la direction opposée afin d'éviter la tornade d'eau suivante, mais d'autres se présentèrent juste après, bien plus larges et plus hautes. Il ne voyait pas comment il allait pouvoir les contourner en même temps. Flibus s'en inquiéta également et chercha vite un moyen d'y échapper.

— Par les airs, c'est la seule solution ! annonça-t-il soudain.

— Par les airs, dis-tu ? s'étonna Corsarez, de retour sur la passerelle de commandement.

— Oui, avec le charme de lévitation. Nous pourrons ainsi contourner ces trombes marines plus facilement sans subir les effets de la mer. Va chercher les savants, vite ! Qu'ils viennent avec leur grimoire…

Corsarez traversa immédiatement le pont en titubant sous l'effet de la houle. Plusieurs fois, il manqua de tomber, mais il parvint à rejoindre finalement la cabine des deux savants.

Aussitôt alerté, maître Chow se saisit du grimoire approprié et prononça la formule sans prendre le temps de sortir.

— *LEVITAS !*

Le vieux livre s'ouvrit instantanément et libéra son sortilège sous un rayon de lumière éclatant qui envahit toute la cabine.

Pendant ce temps, sur le gaillard d'arrière, Tétrapoulos se préparait à contourner l'une des deux tornades d'eau quand il sentit les effets du charme s'opérer. Comme Flibus l'avait prévu, le navire s'éleva dans les airs et s'arrêta de tanguer. Le timonier put alors manœuvrer dans de meilleures conditions en tenant seulement compte de la force du vent. Il évita ainsi la tornade redoutée et tourna vite la barre pour s'écarter de la suivante, tout aussi imposante et menaçante. Au bout d'un instant, il se permit même de sourire face à cette nouvelle expérience. C'était tellement plus facile et amusant de naviguer entre ces tornades sans les contraintes imposées par la mer déchaînée. Dans les airs, le gouvernail offrait beaucoup moins de résistance de sorte qu'en tournant à peine la barre, il pouvait orienter le navire dans la direction choisie. Le sortilège y contribuait probablement beaucoup, mais Tétrapoulos ne chercha pas à savoir comment cela était possible. Il avait appris à se satisfaire de tous ces charmes et des nombreuses inventions des deux savants qui les avaient maintes fois sortis d'affaire. Il aurait été stupide de ne pas en profiter, à plus forte raison pour sauver leur vie.

EN PLEIN DANS LE MILLE

Même s'ils avaient sans doute échappé au pire, grâce au charme de lévitation, les marins de *La Fleur de lys* ne furent pas rassurés pour autant. La tempête était toujours aussi menaçante avec ces tornades qui parsemaient la mer à perte de vue. Personne ne mettait en doute la grande expérience de Tétrapoulos à la barre, mais tant qu'ils naviguaient au cœur de la tempête, le danger était toujours présent. À tout moment, l'une de ces trombes marines pouvait brusquement changer de direction et les frapper de plein fouet. Le sortilège de lévitation ne suffirait alors peut-être pas à les sauver. Cette idée traversa en tout cas l'esprit de Porouc. C'était plus fort que lui. Fermement agrippé à une rambarde, il ne pouvait s'empêcher de fermer les yeux à l'approche d'une tornade. Chaque fois, il entendait le même bruit infernal causé par le tournoiement de l'eau. Il sentait alors le navire vibrer comme une maison touchée par un tremblement de terre. Il craignait que le bois auquel il s'agrippait ne s'arrache et soit aussitôt aspiré au cœur de la tornade.

Après quelques minutes, il parvint néanmoins à contenir sa peur en voyant que le timonier arrivait à gérer assez bien la situation. Il osa alors ouvrir les yeux plus longuement pour regarder autour de lui. Ses amis paraissaient tout aussi effrayés, ce qui le réconforta un peu plus. Personne n'osait parler, chacun se contentant d'observer la trajectoire au milieu de la tempête. Pourtant, Porouc entendit soudain un rire lointain. Il chercha aussitôt celui qui pouvait bien trouver cette situation amusante, lorsqu'un ricanement plus diabolique l'obligea à tourner la tête vers le large. Au même moment, son regard croisa dans les airs la petite momie qui les avait récemment attaqués. Elle était là, à moins d'une vingtaine de mètres, volant sur cette sorte de spectre. Lorsque les deux créatures disparurent brusquement de son champ de vision au passage d'une nouvelle tornade, le cordier crut que son esprit lui jouait un tour. Il n'était cependant pas victime d'hallucinations, car il les vit bientôt ressortir de la colonne d'eau comme si de rien n'était.

— LA CRÉATURE NOUS A REJOINTS ! hurla-t-il le plus fort possible pour s'assurer que tous puissent l'entendre.

Plusieurs marins se tournèrent dans sa direction et constatèrent eux aussi la présence des deux êtres maléfiques. Très vite, ils passèrent le message autour d'eux.

Alerté, le capitaine Kutter, qui avait quitté sa cabine pour observer la délicate manœuvre, ne prit aucun risque et donna l'ordre de tirer à vue. Lui-même n'hésita pas à sortir son pistolet tout en se retenant de l'autre main au bastingage. Bientôt, les balles filèrent dans les airs, mais elles semblèrent n'avoir aucun effet sur les deux créatures qui continuaient à suivre le navire de côté.

— CHARGEZ LES CANONS À BÂBORD ! ET FAITES-MOI DISPARAÎTRE UNE FOIS POUR TOUTES CES PARASITES !

— À vos ordres, capitaine ! acquiesça van Basteen, le maître-canonnier.

Sans plus attendre, le marin hollandais expédia ses hommes à leur poste. Ils se dirigèrent prudemment vers leur batterie, déterminés à en finir au plus vite avec ces créatures qui étaient peut-être responsables de cette tempête inhabituelle. Aussitôt la charge mise et l'inclinaison des canons ajustée, ils attendirent l'ordre de tir.

— FEU À VOLONTÉ ! cria enfin le capitaine.

Les boulets volèrent dans un concert de détonations, mais aucun d'eux ne toucha la cible, malheureusement. Les deux créatures avaient réussi à éviter tous les tirs avec une facilité déconcertante.

— **PAREZ POUR RECHARGER** ! ordonna sur-le-champ le capitaine Kutter, bien décidé à aller jusqu'au bout.

Aussitôt, le maître-canonnier poussa ses hommes à renouveler la manœuvre, mais au moment où ils allaient lancer la bordée suivante, les deux créatures disparurent dans une tornade. Tous s'attendaient alors à les voir ressortir peu après, mais ce ne fut pas le cas.

— Vous croyez qu'elles sont parties pour de bon ? demanda Gravenson, le matelot scandinave à la chevelure blonde.

— Je ne parierais pas là-dessus, si j'étais vous ! lança Porouc, sûr de lui. C'est une ruse, j'en mettrais ma main au feu. Vous verrez, elles vont réapparaître au moment où on s'y attendra le moins. Ces créatures savent très bien ce qu'elles font, vous pouvez me croire. Depuis le début, elles nous ont conduits dans chacun de leurs pièges. Dans la grotte pour commencer, puis dans cette tempête. Elles ne vont plus nous lâcher, c'est certain.

Sur ces remarques du plus pessimiste des membres d'équipage, tous restèrent sur leurs gardes, tandis que Tétrapoulos continua de manœuvrer habilement entre les tornades dont le nombre ne diminuait toujours pas. À l'exception du timonier, chaque marin regardait dans les airs à la recherche des créatures. Même la Tête de mort était en alerte, prête à intervenir pour se débarrasser de ces fauteurs de troubles.

« Je commence à en avoir assez de ces deux-là ! pesta-t-elle du haut de son mât. Qu'est-ce qui m'a pris de repêcher ce sarcophage ? Ah, on peut dire que je les attrape au vol les bêtises ! Il aurait mieux valu que je me casse un bras à la place. Cette momie toute chiffonnée ne nous a apporté que des problèmes depuis le début. J'aurais dû l'enfermer dans sa boîte de pacotille, la sceller avec un cordage fixé à un poids puis jeter le tout à la mer. On s'en serait débarrassés pour de bon. Mais pourquoi n'y ai-je pas songé plus tôt ? Je vous jure ! Des fois, je me demande ce qui me retient de me désosser complètement et d'enterrer mes os tout autour d'une île déserte. Enfin, que peut-on y changer ? Puis, il faut bien que quelqu'un mette un peu de piment dans l'existence de ces marins. Sans moi, leurs journées seraient vraiment ternes et ennuyantes. Je reconnais avoir eu une grande part de responsabilité dans certaines catastrophes, mais ils en sont toujours ressortis plus forts. C'est donc grâce à moi si leur vie se trouve plus animée aujourd'hui… »

Sur cette autocritique flatteuse, la Tête de mort se figea brusquement en voyant à sa droite la créature sur son spectre volant. La petite momie se permit même un signe de la main comme pour la narguer davantage.

« Ah, te revoilà, toi ! Tu ne perds rien pour attendre avec tes vulgaires bandelettes qui te servent de vêtement. Je vais te les faire avaler jusqu'au dernier morceau, crois-moi ! Tu vas vite regretter d'avoir cherché à me duper en m'obligeant à te sortir de ton sarcophage ridicule. »

Au même moment, des coups de canon retentirent depuis le pont, sur l'ordre du capitaine, mais la cible fut manquée une fois de plus.

« Vous voyez bien que ça ne sert à rien de lui tirer dessus avec vos boulets ! critiqua la Tête de mort. Vous perdez votre temps. Moi, je sais comment il faut s'y prendre avec ce genre de créatures ! Vous allez voir. »

Convaincue d'avoir la solution, l'intrépide Tête de mort disparut dans son repaire. Elle ouvrit son imposant coffre à rangement et fouilla prestement en jetant sur les côtés tout ce qui ne lui convenait pas.

« Ah, voilà enfin ce que je cherchais ! s'exclama-t-elle tout à coup. Il me semblait bien que je l'avais rangé là. »

Elle sortit un filet en chanvre soigneusement plié au fond de son coffre.

« Cette momie ne pourra plus m'échapper.
C'est grâce à ce filet que ma mère a connu mon
père. À cette époque, elle habitait encore la
ferme de mes grands-parents. Un matin, elle
était partie dans les bois pour attraper un
cochon sauvage. Au moment de lancer son
filet, elle ne s'était pas doutée qu'un jeune
homme jaillirait brusquement de derrière un
arbre pour se jeter sur l'animal. C'est comme
ça qu'elle a attrapé mon père et lui a mis la
main dessus. Ah, on peut dire que le hasard
avait bien fait les choses ce jour-là ! Tout d'abord
pour le cochon, qui finalement ne s'est pas
laissé prendre, puis pour ma mère et mon père
qui, à partir de cet instant, n'allaient plus jamais
se quitter. J'ai toujours trouvé leur rencontre
tellement romantique que j'en claque des os
chaque fois que j'y pense. Cela dit, je n'ai aucu-
nement l'intention de me servir de ce filet dans

le même but. Moi, c'est pour me débarrasser une fois pour toutes de cette momie. Je l'ai assez vue. »

Sans plus attendre, la Tête de mort attacha une longue cordelette au filet afin de pouvoir le tirer une fois son adversaire pris au piège. Elle se mit ensuite en position en estimant la distance qui la séparait de sa cible, puis elle effectua son lancer dans un mouvement vif. Le filet partit dans les airs et se déploya à quelques mètres devant les créatures. La momie et sa monture n'eurent pas le temps de réagir adéquatement en voyant le piège s'ouvrir grand devant elles. Elles tentèrent bien sûr de bifurquer pour éviter d'être prises, mais le filet était si large qu'elles foncèrent directement dedans, à la grande stupéfaction de plusieurs marins témoins de la scène.

— Regardez ! s'écria Cenfort le premier. Les créatures se sont prises dans un filet.

— Qui l'a lancé ? demanda le capitaine.

— Il me semble l'avoir vu partir des hauteurs du grand mât. C'est probablement Broton.

— Par ma barbe rousse, mais où a-t-il trouvé ce filet?

Au même moment, la Tête de mort tira fortement sur la corde malgré une résistance dans le filet. Les deux créatures semblaient déterminées à sortir de ce piège. Elles cherchèrent par tous les moyens à varier leur trajectoire en prenant de l'altitude, puis en redescendant, afin d'obliger leur assaillant à lâcher prise. Une lutte acharnée s'engagea alors entre les deux camps. La Tête de mort n'était pas non plus disposée à perdre la bataille. Elle comprit très vite les intentions de ses adversaires et garda fermement ses mains osseuses agrippées au cordage. Elle faillit pourtant tout lâcher lorsque les deux créatures frappèrent de plein fouet une nouvelle tornade. Elle tint bon, cependant, en tirant de toutes ses forces jusqu'à ce que les créatures sortent de la trombe d'eau. Dès qu'elles réapparurent, elle tira la corde vers elle, mais elle sentit tout à coup moins de résistance.

« Ça y est, elles sont épuisées ! se réjouit-elle enfin, convaincue d'être proche du but. Allez ! Encore un petit effort et je réglerai leur compte à ces deux-là ! »

Il ne manquait plus que quelques mètres avant que le filet atteigne le drapeau. La Tête de mort maintint la même cadence ; elle se voyait déjà jeter les créatures à la mer dans un coffre lesté. Mais, contre toute attente, le cordage se tendit brusquement. Ses adversaires avaient de toute évidence simulé une fatigue pour l'obliger à réduire sa prise et pouvoir repartir à la charge.

Soudain, la Tête de mort sentit la corde qui lui glissait entre les mains. Elle n'arrivait plus à la retenir tellement les créatures tiraient avec force. Tous ses espoirs s'envolaient subitement. Le filet perdait de plus en plus d'altitude et le frottement accéléré du cordage en fibres de chanvre commençait à chauffer terriblement ses mains osseuses. Dans un ultime effort, elle parvint à passer ses bras autour de la corde en appuyant en même temps avec ses pieds contre le cadre de porte de son entrée. Cette fois, elle réussit à ralentir la chute du filet. Puis l'instant d'après, plus rien, à l'exception d'une vibration comme un choc provoqué par le contact avec la surface de l'eau. La corde n'offrit alors plus qu'une légère résistance.

Épuisée, la Tête de mort se pencha le plus possible hors de son drapeau. Elle tenait toujours sa corde, mais le bateau volant l'empêchait de voir le filet. Elle ne prit pas de risque et tira en dépit de la douleur qu'elle ressentait aux bras.

Pendant ce temps, sur le pont, plusieurs marins s'étaient rassemblés devant le bastingage pour voir la suite des événements.

— Le filet réapparaît à la surface ! avertit Le Bolloch, le doigt pointé vers le bas.

— Tiens ! Les créatures ne sont plus là, s'étonna Porouc. Elles ont réussi à s'échapper, vous croyez ?

— C'est possible, à moins qu'elles aient été emportées dans les profondeurs, répondit Le Bolloch.

Tout l'équipage finit par constater l'absence des deux créatures, tandis que le filet continuait de remonter. Les têtes se levèrent alors vers le grand mât pour vérifier si c'était bien Broton qui tirait, quand Cenfort détourna l'attention depuis le gaillard d'avant.

— Regardez ! Les trombes marines semblent perdre de leur force.

Effectivement, la tempête commençait à se dissiper. Une à une, les tornades d'eau s'affaissèrent et finirent par disparaître. Bientôt, les nuages sombres laissèrent passer les premiers rayons de soleil, puis le ciel bleu azur reprit sa place dans toute sa splendeur. Tous les membres d'équipage se congratulèrent, puis ils regardèrent vers les hauteurs du grand mât. En chœur, ils acclamèrent leur compagnon qui les avait héroïquement débarrassés de ces créatures maléfiques. Le marin à la vigie tenta d'expliquer depuis sa position qu'il n'y était pour rien, mais personne ne parvint à comprendre clairement ses propos à cause des cris de joie.

Récupérant enfin son filet, la Tête de mort se plaignit aussitôt de ne pas obtenir de remerciements, mais elle se sentit tout à coup si fatiguée qu'elle se laissa tomber sur son plancher.

• • •

La Fleur de lys poursuivit son cap au-dessus du golfe du Mexique sans le moindre incident, toujours sous l'effet du sortilège de lévitation. Cette fois, tout portait à croire que les créatures avaient été emportées par la mer ou du moins qu'elles avaient été arrêtées dans leur dessein. Le capitaine se sentit enfin plus serein devant les événements, même s'il restait encore une grande part d'inconnu. Il souhaitait tant faire plaisir à ses hommes et offrir à ceux qui croyaient en l'existence de cette Cité d'Or une chance de leur donner raison.

Après quelques heures de navigation dans les airs, toutes voiles dehors, et poussés par des vents favorables, les marins aperçurent enfin les côtes du Mexique qui se dessinaient à l'horizon. En se référant aux indications gravées sur le disque de pierre aztèque, le capitaine Kutter mit le cap sur l'embouchure du Rio Panuco, puis le timonier se contenta de survoler le fleuve en suivant son cours. La diversité des paysages traversés offrait une vue des plus spectaculaires. Elle apportait un changement fort appréciable face à l'étendue uniforme de la mer. D'un bout à l'autre du navire, les regards se portaient dans toutes les directions. Quelques matelots s'émerveillaient à haute voix devant tant de beauté, d'autres préféraient rester silencieux pour mieux profiter de ces instants de calme. Après ce qu'ils venaient de vivre, ils avaient bien mérité ce temps de répit.

Le capitaine Kutter regardait régulièrement le disque afin de s'assurer qu'ils progressaient dans la bonne direction. Le plan gravé sur la pierre indiquait la présence d'un affluent qui aboutissait directement dans la région où était censée se trouver la fameuse Cité d'Or. Muni de sa longue-vue, il commença donc à scruter l'horizon dans l'espoir de reconnaître cet affluent. Le fait de naviguer dans les airs grâce au sortilège de lévitation lui donnait un avantage considérable pour se repérer, et il se réjouit de pouvoir en profiter. Il devait admettre que ce n'était pas déplaisant, surtout avec cette extraordinaire vue panoramique sur le Mexique.

— C'est magnifique, ne trouvez-vous pas ? s'émerveilla-t-il en se tournant vers son second.

— En effet, capitaine, répondit Flibus. Je ne me lasse pas d'admirer ces paysages. Le Mexique est assurément un très beau pays. Vu de haut, c'est de toute beauté en tout cas. Y étiez-vous déjà venu ?

Le capitaine Kutter ne répondit pas sur l'instant. Sa longue-vue pointait devant lui, il tourna légèrement la lentille, avant de s'exclamer :

— Voilà, nous y sommes presque !

Aussitôt, plusieurs marins se rassemblèrent devant les bastingages, pressés d'arriver au but.

— Nous avons atteint la cité, ça y est ? demanda Mumbai en regardant partout, une main posée en visière sur le front pour se protéger du soleil.

— Moi, je ne vois rien en tout cas, fit remarquer Porouc. Il n'y a que la jungle et des montagnes à perte de vue.

— Oh, attendez ! Je crois avoir vu un éclat au loin ! s'écria Martigan. C'est peut-être la pyramide recouverte d'or dont parlait Corsarez.

— Où ? Je ne vois rien ! s'impatienta Mumbai. T'en es sûr ?

— Oui. Enfin, je crois...

— Calmez-vous, messieurs ! coupa le capitaine Kutter en reposant sa longue-vue sur ses genoux. Nous ne sommes pas encore près de voir cette cité, vous pouvez me croire...

— Mais, capitaine, vous venez de dire à l'instant que nous y étions presque ! rappela Mumbai.

— En effet, mais je faisais référence à l'affluent qu'il nous faudra emprunter au préalable. Il est juste devant nous, assura le commandant en se tournant vers son timonier. Nous allons pouvoir mettre le cap au nord, monsieur Tétrapoulos.

— À vos ordres, capitaine.

Le marin d'origine grecque ne tarda pas à tourner la barre pour remonter l'affluent du Rio Panuco. Celui-ci formait un parcours beaucoup plus sinueux à travers la jungle. Vu de haut, il ressemblait à un gigantesque serpent qui n'en finissait pas de s'allonger et de se tortiller. Ses rives étaient cependant plus rapprochées comparativement au fleuve principal qu'il rejoignait. Le capitaine s'en inquiéta d'ailleurs aussitôt. Il craignait de ne pas avoir suffisamment d'espace pour amerrir. Il était certes toujours possible de trouver un terrain dégagé, mais dans ce cas, ses hommes et lui risquaient de devenir une proie facile dans une région peut-être hostile. Étant donné que le sortilège de lévitation ne pourrait pas être à nouveau libéré avant la prochaine pleine lune, ils n'auraient pas la possibilité de fuir en cas de danger. Il valait donc mieux se poser sur le fleuve pour pouvoir riposter efficacement en cas d'attaque et rejoindre le Rio Panuco. Aussi, il attendit le dernier moment avant de donner l'ordre d'amerrir, sachant qu'ils avançaient plus rapidement en altitude.

LE CHEMIN DE PIERRE

La Fleur de lys se posa doucement sur le fleuve et se retrouva cette fois dominée par l'imposante jungle qui s'élevait de chaque côté. Très vite, le silence si caractéristique des airs laissa la place aux cris des animaux. La lumière du jour apparut également de plus en plus tamisée au fur et à mesure que le navire remontait le cours d'eau. L'épaisseur de la végétation laissait passer les rayons du soleil de façon partielle. Cette contrée sombre était loin de rassurer l'équipage, Porouc, tout particulièrement. Seule la Tête de mort ne s'en soucia guère. Depuis son intervention contre les deux créatures, elle n'était pas réapparue une seule fois sur son drapeau pour observer le paysage.

Elle avait fourni tellement d'efforts qu'elle s'était finalement endormie à même le plancher de son repaire. Cela ne l'empêcha pas pour autant de parler durant son sommeil. Quand elle dormait, elle avait aussi la fâcheuse manie de gratter avec ses doigts osseux. Elle murmura tout à coup d'une voix calme et apaisée :

« Un cafard… deux cafards… trois cafards… Tiens, mais où sont passés tous les autres ? Mes petits, où êtes-vous ? Vous vous cachez, c'est ça ? Allez, revenez maintenant… C'est l'heure de prendre votre bain… Ah ! Vous voilà enfin ! Approchez-vous que je puisse continuer de vous compter… quatre cafards… cinq cafards… une momie… deux momies. Des momies ? s'étonna-t-elle soudain tout en continuant de dormir. Mais qu'est-ce que vous faites ici ? Où sont passés mes autres cafards ? Quoi ? Vous les avez mangés… Assassins ! Mais voyons, que faites-vous ? Lâchez-moi ! AU SECOURS ! À MOI ! »

La Tête de mort sortit brusquement de son sommeil en se redressant.

« Mais où suis-je ? Qu'est-ce qui m'est arrivé ? Ah, ça y est, tout me revient maintenant ! Je me suis écroulée de fatigue après m'être débarrassée de ces deux affreuses créatures… Toutes ces momies dévoreuses de cafards n'étaient que dans mon rêve. Mes chers petits sont en sécurité sur ce navire de pirates, je le sais. Je n'ai pas à m'inquiéter pour eux. Je peux me rendormir l'esprit en paix. »

Rassurée, la Tête de mort se recoucha sur le plancher et replongea presque aussitôt dans un long sommeil. Elle ne tarda pas à reparler tout en grattant le bois.

« Un os… deux os… trois os… Hé ! Il m'en manque un aussi ! Ah, non, il est là… Ouf ! Quatre os… cinq os… »

Le silence s'installa à nouveau peu après.

Pendant ce temps, sur la passerelle de commandement, le capitaine Kutter observait tour à tour les deux rives, cherchant un point de repère. Selon le plan gravé au verso du disque de pierre, ils devaient normalement aboutir à une sorte de chemin passant entre deux montagnes qui se rejoignaient ensuite en formant un U. Cependant, les kilomètres défilaient, et il ne voyait toujours pas le moindre signe probant. Comme le vent avait faibli, il craignait de devoir laisser le groupe d'expédition continuer seul avec une chaloupe. Cela ne l'enchantait guère, mais il savait bien que tôt ou tard le fleuve deviendrait impraticable pour le navire. Il attendit tout de même encore un peu lorsqu'au bout d'un moment, il aperçut une stèle au bord de la rive, à tribord. De toute évidence, il s'agissait d'une construction humaine. Il regarda le plan du disque, mais il ne vit aucune référence de ce type. Par contre, il s'arrêta sur un détail auquel il n'avait pas prêté attention jusque-là. Il remarqua en effet une marque presque insignifiante qu'il avait associée à l'usure ou à un défaut sur la pierre.

En remontant le tracé du fleuve, il nota alors cette même marque un peu plus loin, puis une troisième à distance égale, située face au chemin traversant les deux montagnes. Cette fois, il en était convaincu. Ces petits points de repère avaient été volontairement gravés sur le plan pour montrer l'endroit où s'arrêter depuis le fleuve.

Le capitaine Kutter se garda toutefois d'en parler à son second avant d'avoir pu vérifier sa théorie. Il concentra donc son regard sur la rive afin de repérer la seconde stèle ou du moins l'indice mis en place. Il pouvait certes se tromper sur toute la ligne, mais intérieurement, il espérait vraiment avoir vu juste. Il essayait de s'en convaincre, quand quelques dizaines de mètres plus loin, il obtint confirmation en découvrant une seconde stèle tout près d'un gros arbre. Il avait failli ne pas la voir à cause de la végétation abondante qui recouvrait l'endroit, mais elle était bien là.

C'était exactement le même assemblage de pierres polies.

— Cette fois, je crois que nous y sommes presque ! annonça-t-il tout haut en se tournant vers Flibus.

— Comment le voyez-vous, capitaine ?

— Normalement, nous devrions bientôt croiser une troisième stèle. J'ai déjà repéré les deux premières, mais je voulais en être bien sûr avant de vous en informer. Le chemin que nous recherchons se trouve dans le prolongement de cette dernière stèle, vers l'intérieur des terres.

Sur cette annonce, tous les regards se tournèrent vers la rive et, bientôt, plusieurs marins s'écrièrent en même temps en apercevant le troisième indice.

Cette fois, le capitaine ordonna l'arrêt complet du navire. Le fleuve était encore suffisamment profond pour naviguer quelques kilomètres, mais les deux rives étaient déjà très rapprochées. Il y avait juste assez d'espace pour effectuer un demi-tour, mais seulement si l'équipage descendait sur la berge pour tirer sur la proue au moyen de cordages.

Un premier groupe de volontaires commandé par Flibus rejoignit la rive et s'enfonça dans la jungle sous les cris d'animaux et les attaques de moustiques. La végétation était si abondante qu'ils durent utiliser leurs sabres pour se frayer un passage. Puis soudain, derrière une rangée d'arbres, ils découvrirent un chemin de pierre bordé de deux très hautes parois rocheuses qui suivaient le creux d'une montagne. Persuadés d'être au bon endroit, Flibus et ses compagnons s'avancèrent encore en se laissant envahir par la grandeur des lieux. Émerveillés, ils ne purent s'empêcher de lever la tête. Jamais ils n'avaient vu pareil endroit. Les parois étaient recouvertes d'innombrables sculptures taillées à même la pierre. Elles représentaient surtout des visages de formes humaines, avec la bouche grande ouverte comme pour exprimer toute leur terreur. Du moins, c'était l'impression que donnaient ces sculptures au premier abord.

Flibus était tout aussi impressionné par ce travail d'architecture colossal. Il marchait légèrement en avant du groupe en levant pareillement la tête. Tout naturellement, il fit alors un tour complet sur lui-même pour contempler les lieux, quand son pied buta sur quelque chose. Par réflexe, il baissa les yeux et vit un squelette humain allongé sur le sol. Il portait encore un casque et une armure typiques des conquistadors espagnols. Cette vision d'horreur l'obligea à reculer brusquement d'un pas. Avec stupeur, il remarqua alors un deuxième squelette un peu plus loin, et un troisième juste à côté, légèrement dissimulé par la végétation. Ses amis ne les avaient manifestement pas encore vus, car ils ne firent aucun commentaire. Ils avaient toujours les yeux rivés sur les hauteurs. Flibus nota soudain la présence d'une pointe de flèche directement plantée sur le squelette allongé juste devant lui. En posant son regard sur la paroi rocheuse, il fit vite le rapprochement avec les multiples bouches ouvertes représentées à différents niveaux. Il comprit alors que l'endroit était un véritable piège. Le temps de tourner la tête, il vit Cenfort qui s'apprêtait à le dépasser.

— ATTENTION, C'EST UN PIÈGE ! cria-t-il aussitôt en se jetant sur son ami, surpris d'être tiré violemment en arrière.

Au même moment, plusieurs flèches jaillirent des deux parois et manquèrent tout juste de les toucher. L'une d'elles, partie à hauteur des jambes, déchira même le pantalon de Cenfort sans pour autant le blesser. Ceux qui marchaient en retrait s'arrêtèrent brusquement. En réalisant la menace qui pesait sur eux, ils se demandaient tout à coup ce qui arriverait s'ils faisaient un pas de plus. Le sol en pierre pouvait très bien déclencher d'autres tirs de flèches ou carrément s'écrouler en les emportant dans un gouffre.

— Éloignons-nous d'ici ! ordonna Flibus en aidant le tonnelier à se relever prudemment.

— Mais si on bouge encore, on pourrait être tués ! s'inquiéta Martigan, légèrement en retrait.

— Je ne crois pas, assura le quartier-maître. Si c'était le cas, nous aurions déjà été atteints par ces flèches, puisque Cenfort et moi étions devant vous. Regardez ! Le piège ne débute qu'après cette zone, là où apparaissent ces premiers visages à bouche ouverte. C'est justement ici que sont tombés ces soldats espagnols. Nous pouvons donc reculer en toute sécurité.

Plus ou moins convaincus, Martigan et les autres hésitèrent encore à se déplacer, mais Flibus leur prouva qu'ils n'avaient rien à craindre en passant devant eux, suivi par Cenfort. Le reste du groupe se résigna finalement à leur emboîter le pas, puis ils regagnèrent ensemble le bord du fleuve. Durant leur absence, plusieurs dizaines de marins avaient déjà tourné le navire en le tirant depuis la berge. La nouvelle de leur mauvaise rencontre fut reçue avec la plus grande déception au sein de l'équipage.

— Vous voyez, je vous l'avais bien dit ! fit remarquer Porouc. C'était perdu d'avance.

— Oh, mais tu vas te taire, oui ! s'énerva Mumbai.

— Non, je ne me tairai pas ! J'ai autant le droit que toi de dire ce que je pense. Honnêtement, tu t'attendais à quoi en venant ici ? Tu croyais peut-être trouver de l'or en t'abaissant simplement pour le ramasser sur le sol. Il était évident que des pièges de toutes sortes nous attendraient à notre arrivée ! On n'a pas besoin d'être instruit comme un médecin ou un prêtre pour le comprendre.

— Détrompe-toi, Porouc ! répliqua Mumbai. Je savais que cette expédition ne serait pas facile. Et je m'en réjouis, d'une certaine manière, car ce dont je suis sûr maintenant, c'est qu'on est proches du but. Si des pièges ont été placés tout près d'ici, c'est qu'il doit y avoir quelque chose de très important dans les environs.

— Il n'a pas tort, appuya Flibus. Ces pièges ne sont pas là par hasard. Les restes de ces soldats espagnols tendent à prouver que d'autres étaient aussi sur la piste de cette Cité d'Or. À notre tour, si nous arrivons à contourner ces pièges, il se peut que nous parvenions à trouver cette cité.

— Oui, mais comment éviter ces flèches qui sortent des parois rocheuses? questionna Corsarez.

— On pourrait se fabriquer des boucliers, suggéra Mumbai, décidé à aller jusqu'au bout par tous les moyens.

— Ce ne sera peut-être pas suffisant, fit remarquer Flibus. Des boucliers ne protégeraient pas toutes les parties de notre corps. J'ai eu suffisamment de temps pour observer les parois qui délimitent ce chemin de pierre. Il y avait des ouvertures à différents niveaux de la roche. Des flèches pourraient nous atteindre par le haut si nous tentons de passer. Il faudrait porter une armure pour nous couvrir de la tête aux pieds, et même là, je ne suis pas sûr qu'on obtienne une protection complète.

Maître Fujisan, qui avait écouté le rapport des expéditeurs aux côtés de son confrère chinois, intervint cette fois :

— J'ai peut-être la solution.

— Ah ! À quoi avez-vous pensé ? s'enquit aussitôt maître Chow.

— Au char de Léonard de Vinci, répondit le savant japonais avant de se tourner à nouveau vers Flibus pour lui demander : Quelle est, selon vous, la distance qui sépare les deux parois ?

— Oh ! Je dirais quatre mètres tout au plus.

— Parfait. Dans ce cas, je pense pouvoir construire une réplique de ce char afin de vous aider à traverser ce chemin de pierre en toute sécurité. Accepteriez-vous de m'aider dans cette tâche, maître Chow ?

— Mais ce sera avec joie, cher ami !

Sans plus attendre, maître Fujisan retourna dans sa cabine pour chercher le plan d'un modèle de char dont il s'était inspiré à partir d'un document de Léonard de Vinci. Il se réjouit de pouvoir enfin montrer cette invention à ses amis. Le dessin représentait une sorte de chariot de bois entièrement recouvert et muni de quatre roues à peine visibles.

— C'est ça, le char de Léonard de Vinci ? s'étonna le capitaine en observant le dessin. On dirait une tortue de bois.

— La similitude est assez frappante, je vous l'accorde. D'ailleurs, il est fort possible que Léonard de Vinci se soit inspiré de cet animal pour imaginer son char de combat.

— De combat, dites-vous ? Voyons, les tortues ne sont pas connues pour leur combativité. Bien au contraire, elles ont plutôt tendance à s'enfermer dans leur carapace.

— C'est exact, et Léonard de Vinci avait justement prévu des ouvertures, dans son invention, pour y placer des canons. Ceux-ci étaient disposés tout autour du char pour effectuer des tirs à trois cent soixante degrés.

— Ah! Là, je comprends mieux l'efficacité de cette invention pour le combat.

— Léonard de Vinci avait mis au point cette arme durant les guerres d'Italie, précisa le savant japonais. Connaissant lui-même une période de tourmente personnelle, il s'était intéressé aux machines de guerre. Il en inventa plusieurs, dont ce char, qui à l'origine avait une forme plus conique comparativement à ce modèle que j'ai dessiné. Léonard de Vinci voulait construire un moyen de transport sûr, à l'abri de toutes les attaques et qui pourrait pénétrer efficacement dans les rangs ennemis. Il disait qu'il n'y aurait pas d'armées capables de rompre ces chars et que, derrière ces machines, l'infanterie pourrait suivre sans subir de dommages, ni rencontrer d'obstacles...

— Permettez-moi de vous dire, maître Fujisan, que vos connaissances sur ce Léonard de Vinci sont tout à fait remarquables !

— Disons, capitaine, que j'ai une profonde admiration pour cet artiste et inventeur de génie. Maître Chow le sait d'ailleurs fort bien, il pourra vous le confirmer. Il m'a maintes fois entendu faire l'éloge de ce grand homme.

— En effet, se contenta d'approuver le savant chinois, qui ne se lassait jamais d'entendre les anecdotes de son confrère.

— Mais pourquoi ne pas avoir également représenté ces canons sur votre plan ? voulut savoir le commandant de *La Fleur de lys*, visiblement intéressé par cette discussion.

— Vous savez bien, capitaine, que je ne suis guère favorable aux armes de destruction. Je suis avant tout un être pacifique, comme l'est maître Chow. C'est pourquoi je n'ai pas trouvé utile de faire apparaître ces canons sur mon plan. De toute façon, nous n'avons pas à notre disposition de modèles de la taille appropriée. Nos canons sont beaucoup trop volumineux pour un tel char. Puis, dans le cadre de cette expédition, il me semble évident que nos amis n'en auront pas besoin.

— Et vous pensez que nous pourrons traverser ce chemin de pierre en toute sécurité ? demanda Flibus.

— Absolument, cher ami.

— Mais comment entre-t-on dans ce char ? Quelle est sa capacité ? Est-il également facile à manœuvrer ?

Maître Fujisan sourit devant la succession de questions, bien légitimes cependant.

— Ne vous inquiétez pas, c'est très simple, vous verrez. Ce char est équipé d'une trappe sur le dessus et il peut accueillir huit passagers…

— Ah, huit, quand même ! s'écria Flibus, agréablement surpris.

— Et pour la manœuvre, il y a un système de manivelles pour orienter les roues, ainsi que des barres pour tracter la structure. Car, bien sûr, on ne peut guère compter ici sur l'action du vent, comme avec un navire à voiles. Seule la force des bras et des jambes peut faire avancer ce char. Mais à huit, vous y parviendrez sans trop d'efforts, surtout si l'on supprime le plancher pour que vous poussiez en marchant. Somme toute, l'important est que vous traversiez ce chemin de pierre en toute sécurité. C'est ce que vous souhaitiez, n'est-ce pas ?

— Absolument, confirma le quartier-maître avant de donner son aval. Dans ces conditions, je crois que nous avons une chance de réussir. Qu'en pensez-vous, capitaine ?

— Certes, mais rien ne garantit qu'il n'y aura pas d'autres pièges par la suite. Vous serez peut-être amenés à quitter cette embarcation pour continuer. Enfin, quoi qu'il en soit, vous pourrez toujours revenir par ce chemin de pierre avec ce char, reconnut le capitaine avant de s'adresser à nouveau au savant. Combien de temps cela pourrait-il vous prendre pour construire une telle machine ?

Maître Fujisan réfléchit rapidement.

— Oh! En sollicitant l'aide de l'équipage, nous aurons terminé en deux jours, je dirais.

— Ah! Voilà qui est très raisonnable. Eh bien, dans ce cas, vous avez mon autorisation pour poursuivre cette expédition.

Sur ces paroles, maître Fujisan prit aussitôt la direction d'un groupe de marins avec la collaboration de maître Chow. Chacun récupéra les matériaux demandés et tous se mirent au travail sans tarder. À bord, ils avaient tous les outils nécessaires, herminettes, maillets, fers et autres instruments pour travailler le bois. Tischler, le maître-charpentier de *La Fleur de lys*, offrit volontiers ses services pour la construction de cette drôle d'embarcation dont il n'avait jamais entendu parler. Il fournit aux savants tout le bois disponible et se chargea même de s'en procurer d'autre dans l'abondante jungle environnante. Contre toute attente, Cenfort mit également la main à la pâte en tant que tonnelier. Lui qui évitait d'habitude les gros efforts se surprit à proposer son aide. Il voyait en ce char un défi à relever, car sa structure lui faisait étrangement penser à un tonneau, mais en plus gros. Puis, il devait reconnaître que sans l'intervention de Flibus, il ne serait peut-être déjà plus de ce monde. C'était donc la moindre des choses de le remercier en s'impliquant davantage pour les besoins de cette expédition. Martigan fut très étonné de voir son ami s'embarquer dans une surcharge de travail inutile alors qu'ils auraient pu tous les deux se la couler douce en roupillant dans les cales. Il chercha d'ailleurs à l'en dissuader, mais sans grand succès. Du coup, Martigan se sentit obligé de participer lui aussi à la construction de ce char afin de ne pas être seul dans les cales en compagnie des rats. Il se garda évidemment de l'avouer ouvertement, prétextant plutôt que son compagnon serait perdu sans lui.

L'ÉNIGME DES JARRES

Deux jours, très exactement, suffirent aux deux savants pour réaliser le char inspiré de l'invention de Léonard de Vinci. Pour des raisons de commodité, ils suggérèrent toutefois de le construire en deux parties afin de pouvoir le stocker dans les cales au retour de l'expédition. L'assemblage fut donc directement achevé sur la rive, puis maître Fujisan invita les huit hommes désignés pour la mission à s'installer dans le char. Il prit le temps de leur expliquer toutes les manœuvres, tandis qu'à l'extérieur, d'autres marins s'occupaient de dégager le terrain.

Après quelques essais de déplacements, Flibus et ses amis semblaient suffisamment bien maîtriser la machine. Une fois prêts, ils empruntèrent le chemin de pierre en espérant revenir vivants de cette aventure. Flibus se chargea de contrôler la manivelle orientant les roues pendant que les autres poussaient les barres de traction. Ils avancèrent ainsi sur quelques mètres dans la zone non piégée sans entendre le moindre tir de flèches. Seul le bruit des roues sur les pierres résonnait dans l'habitacle tout juste éclairé par la lumière du jour qui passait au travers de petits hublots. Mais à peine furent-ils arrivés au niveau des ouvertures en forme de bouche que les flèches jaillirent aussitôt des parois et se plantèrent dans la structure de bois. Le plus terrible, cependant, fut de croiser les squelettes de conquistadors qui jonchaient le sol. Flibus et ses amis essayèrent tant bien que mal de les écarter du bout des pieds pour ne pas leur rouler dessus, mais ils ne purent tous les éviter. Heureusement, ils n'en rencontrèrent qu'un petit nombre, en début de parcours.

En songeant au sort qu'ils auraient pu connaître eux aussi en traversant ce chemin de pierre sans protection appropriée, plusieurs commencèrent à douter du succès de l'expédition. Le sifflement des flèches et les impacts répétés sur le bois étaient loin de les rassurer. Certains marins fermèrent alors les yeux tout en poussant; d'autres relâchèrent carrément leur prise sur les barres de traction. Alerté, Flibus s'empressa de les avertir:

— Ne ralentissez pas, voyons! Nous devons rester concentrés et garder une cadence régulière jusqu'au bout. Ne vous laissez pas distraire par tous ces bruits. Nous sommes en sécurité dans cette embarcation. Au besoin, nous pourrons nous arrêter pour reprendre notre souffle, mais avant, nous devons parcourir le plus de chemin possible.

Sur ces paroles d'encouragement, chacun se remit à pousser d'un même mouvement et le char continua sa route.

Les mètres défilèrent sans le moindre incident notable. Tout doucement, les douleurs
aux bras et aux jambes commencèrent à se
faire ressentir, mais personne n'ouvrit la bouche
pour s'en plaindre. La seule préoccupation qui
traversait les esprits était d'arriver au bout de
ce chemin pour ne plus avoir à entendre ces
insupportables impacts de flèches. Flibus, lui,
avait les yeux toujours rivés droit devant pour
suivre la trajectoire à travers les hublots. Il
orientait les roues du char en fonction du
virage. Il ne tarda pas cependant à annoncer :

— Je crois que nous arrivons au but ! Je
distingue une paroi à une vingtaine de mètres.
Allez, encore un petit effort, et on pourra se
reposer !

La cadence augmenta soudainement, mais
Flibus ne trouva pas utile de la ralentir, puisque
la progression se déroulait sans encombre.
Dans les derniers mètres, les sifflements et les
impacts sur le bois s'arrêtèrent brusquement.
Ils avaient cependant été si répétitifs que les

marins les entendirent encore bourdonner dans leurs oreilles, jusqu'à ce que Corsarez fasse remarquer :

— Je n'entends plus le bruit des flèches ! Ça s'est arrêté, on dirait.

— Il a raison. Je ne les entends plus moi aussi ! confirma Mumbai.

— Très bien, arrêtons-nous ! commanda cette fois Flibus.

Tous lâchèrent aussitôt les barres de traction afin de stopper le char.

— Ça veut dire qu'on est arrivés alors ! se réjouit enfin Cenfort. On l'a vraiment fait. On a réussi !

— Oui, on va pouvoir enfin sortir de cette machine, poursuivit Martigan en ôtant son tricorne pour essuyer la sueur sur son front. On étouffe ici.

— Pas tout de suite, rétorqua cependant Flibus. Laissez-moi d'abord vérifier qu'il n'y a plus aucun danger.

Sans plus attendre, le quartier-maître de *La Fleur de lys* grimpa sur l'échelle de bois et entrouvrit la trappe.

— Fais bien attention, Ian! lui lança Corsarez.

Flibus ne répondit pas et regarda vers l'extérieur. La première chose qu'il vit fut une quantité impressionnante de flèches plantées sur le toit du char. Gêné par leur présence, il ouvrit finalement la trappe en grand et monta plus haut sur l'échelle pour mieux observer les alentours.

— Alors, que vois-tu? lui demanda Corsarez.

— Nous sommes bien arrivés au bout du chemin. Il y a une paroi rocheuse juste devant nous, mais je ne vois pas d'issue.

— On peut sortir? voulut savoir Martigan, impatient de prendre l'air.

— Oui, vous pouvez. Il ne semble plus y avoir de danger.

Flibus grimpa sur le toit en cassant les pointes de flèches pour se frayer un passage, puis il sauta du char. Ses amis le rejoignirent rapidement un par un tout en observant silencieusement les lieux. Le mur de roches devant lequel ils avaient abouti s'élevait sur plusieurs mètres, tout comme les deux parois de chaque côté qui bloquaient une grande partie de la lumière du jour.

— C'est une impasse. On a fait tout ce chemin pour rien ! ragea Martigan.

— Attendez ! reprit cependant Flibus en pointant son doigt. Regardez cette légère fissure sur la paroi !

Mumbai se dirigea prestement vers la roche où était gravé un soleil coupé en son milieu par la fissure qui s'étendait sur plusieurs mètres de bas en haut. Sans perdre de temps, il glissa le bout de ses doigts dans la fente et essaya d'écarter les deux battants de pierre.

— Qu'est-ce que vous attendez pour venir m'aider ? Vous ne voyez pas que je n'y arrive pas tout seul…

Deux autres marins s'approchèrent pour lui prêter main-forte, mais la roche ne bougea pas d'un millimètre.

— C'est peine perdue ! pesta Mumbai en tapant de sa main sur la paroi. On aurait dû venir avec des barils de poudre pour faire sauter l'entrée.

— Et comment on s'y serait pris pour les transporter sur ce chemin de pierre, dis-moi ? rétorqua Corsarez. De toute façon, la poudre et l'artillerie dont nous disposons à bord ne serviraient pas à grand-chose. Cette paroi doit avoir une bonne épaisseur, sans compter qu'en provoquant une explosion, nous condamnerions probablement l'entrée de la grotte avec toute cette roche qui nous entoure.

— Il a raison, appuya Flibus. On doit trouver un autre moyen de passer de l'autre côté.

— Moi, je veux bien, assura Mumbai, mais honnêtement je ne vois pas comment on pourrait s'y prendre autrement.

Flibus n'écoutait déjà plus. Attiré par un bruit d'eau qui coule, il s'approcha du mur de gauche, là où étaient disposées quatre jarres en terre cuite, vieillies par l'érosion. En descendant du char, il n'y avait pas donné une grande attention sur le coup. Il pensait simplement qu'elles avaient été oubliées là par les bâtisseurs de ce chemin de pierre. Après tout, cet immense piège creusé dans la montagne avait dû leur prendre des mois, voire des années de travail. Il fallait donc bien qu'ils puissent se désaltérer durant sa construction. Mais, cette fois, il se donna le temps d'examiner ces jarres plus longuement. Intrigué par la présence de symboles gravés sur chacune d'elles, il s'accroupit.

— Que fais-tu, Ian ? lui demanda Corsarez.

— J'observe les gravures sur ces jarres.

— Et tu crois vraiment que c'est le moment d'admirer de vieilles jarres sans la moindre valeur. Ne me dis pas que tu comptes les emporter sur le bateau pour ne pas te présenter les mains vides devant le capitaine ?

La remarque de Corsarez entraîna aussitôt les rires des autres marins.

— Ha ! Ha ! Très drôle, Émilio. Tu en connais beaucoup des blagues du genre ?

— Tu serais surpris, crois-moi.

— Eh bien, tu me les raconteras à notre retour sur le bateau ! En attendant, approche-toi pour m'aider à comprendre tous ces symboles !

Corsarez obéit en reprenant son sérieux. Il s'accroupit à son tour devant les jarres et commença à enlever l'excédent de terre par endroits. Il passa ainsi d'une jarre à l'autre en répétant la même opération quand, soudain, il s'écria :

— Eh bien, si je m'attendais à ça !

— Qu'y a-t-il ? demanda Flibus.

— Ces jarres semblent indiquer la façon d'ouvrir l'entrée de cette grotte. Si je comprends bien le sens de ces gravures, c'est en les remplissant que nous y parviendrons.

— T'es sûr ?

— Oui, enfin je crois. Regarde ! Sur chaque jarre, il y a différentes scènes. Sur la première, on y voit apparaître la source. Sur les deux suivantes, c'est un homme qui remplit les jarres, et sur la dernière, on distingue clairement la paroi de la grotte qui s'ouvre.

— Eh bien, qu'attendons-nous pour les remplir dans ce cas ! intervint Mumbai.

— Pas si vite ! arrêta Corsarez. Ce n'est pas aussi simple, car si je suis la logique de l'énigme, chaque jarre doit être remplie d'une quantité d'eau précise afin de déclencher le mécanisme d'ouverture.

— Houlà ! Votre histoire me paraît bien compliquée ! fit remarquer Martigan. Je crois que vous allez résoudre cette énigme sans moi. À vous entendre, j'ai déjà mal à la tête. Si vous le permettez, je vais donc aller m'asseoir contre l'autre paroi en attendant que vous trouviez le moyen d'entrer. Tu viens avec moi, Cenfort?

Le tonnelier fixa son meilleur ami, puis il lui répondit d'un air quelque peu embarrassé:

— Désolé, pas cette fois. Je veux voir comment ils vont s'y prendre.

— Hé, l'ami! Mais qu'est-ce qui t'arrive enfin? le rabroua tout à coup Martigan. Je ne te reconnais plus depuis que tu es passé près de la mort. Tu ne t'intéressais jamais à rien avant, et voilà que maintenant tu dis oui à tout et n'importe quoi. Tu m'inquiètes sérieusement, tu sais. Je te conseille d'aller voir le docteur à notre retour. La pointe de flèche qui t'a déchiré le pantalon était peut-être empoisonnée. Elle a dû t'érafler la peau, car, crois-moi, tu délires depuis, ça ne fait plus aucun doute.

Cenfort répliqua:
— Tu as fini?

— Mais tu n'as rien écouté, ma parole ! Très bien, je vais te le répéter pour la dernière fois, avertit Martigan avant de remarquer tous les regards posés sur lui. Et puis, zut, j'abandonne ! À quoi bon me fatiguer ?

Le marin au bandeau noir s'éloigna et alla s'asseoir contre l'autre paroi tout en bougonnant.

— Bah ! Laissons-le, ça lui passera ! assura Cenfort.

Flibus et Corsarez s'étaient déjà retournés pour essayer de suivre toutes les étapes de l'énigme. Malheureusement, les scènes gravées sur le devant des jarres n'étaient pas suffisamment explicites pour déterminer la quantité d'eau à mettre dans chaque contenant. Ils avaient beau chercher des points de repère ou des niveaux de mesure, ils ne trouvèrent rien, aucun indice susceptible de les éclairer, aussi bien à l'extérieur qu'à l'intérieur. Seule la première jarre se démarquait en raison de sa taille plus petite. Les trois autres étaient également scellées au sol sur une longue dalle de pierre.

— Selon moi, la première jarre doit servir au remplissage ! expliqua Flibus. Qu'en dis-tu, Émilio ?

— C'est aussi mon avis. C'est la seule à ne pas se trouver sur la dalle de pierre. Bon ! Que fait-on ? On commence à remplir ?

— Oui, allons-y, on verra bien.

Flibus attrapa aussitôt le premier contenant quand, à sa grande stupéfaction, une grosse araignée sortit du trou et l'obligea à lâcher prise. La jarre tomba sur le sol de pierre et se cassa net en plusieurs morceaux. L'araignée, elle, disparut rapidement dans un trou de la paroi rocheuse, visiblement plus effrayée que celui qui l'avait dérangée.

— Ah ! Mais c'est pas vrai, quel maladroit je fais ! pesta Flibus. J'ai peut-être mis fin à nos chances d'entrer dans cette grotte.

L'incident sembla amuser Martigan, qui ne se priva pas de ricaner bêtement dans son coin avant de murmurer :

— Eh bien, on n'est pas près d'y arriver, c'est moi qui vous le dis !

Corsarez se montra cependant moins alarmiste et chercha à rassurer son meilleur ami.

— Ce n'est pas de ta faute, Ian. Tu ne pouvais pas prévoir qu'une araignée serait dedans. J'aurais probablement eu la même réaction en la voyant sortir. Puis, cette jarre est encore utilisable, regarde. On peut toujours se servir des plus gros morceaux incurvés. Cela nous prendra un peu plus de temps pour le remplissage, voilà tout.

Sur ces paroles, Corsarez ramassa un premier morceau de jarre et le porta à la source pour le remplir. Encouragé par sa détermination, Flibus l'imita sans tarder. Quant aux autres, ne voyant pas d'autres morceaux

suffisamment larges et creux, ils se contentèrent d'observer la manœuvre. Leur inactivité
n'échappa toutefois pas à l'œil unique de
Martigan, qui lança depuis sa position :

— Hé, Cenfort ! Tiens, attrape mon tricorne !
Tu pourras t'en servir pour remplir les jarres
toi aussi. J'ai de la peine de te voir rester là
sans rien faire alors que tu t'es montré si zélé
jusqu'à maintenant.

D'un geste vif, Martigan jeta son chapeau
qui tournoya dans les airs et atterrit dans les
mains de son ami, quelque peu gêné, mais
toujours décidé à offrir ses services.

— Et ne me remercie pas, surtout !
enchaîna Martigan. Tu n'auras qu'à me le
rendre quand tu auras fini.

Sans dire un mot, Cenfort se rendit à la
source pour aider Flibus et Corsarez. Avec la
même patience, les trois marins remplirent
les jarres, une à une. Lorsque la dernière eut
enfin atteint son niveau de remplissage, tous
s'attendirent alors à voir l'entrée de la grotte

s'ouvrir, mais rien ne se produisit, à leur plus grand étonnement.

— Pourquoi ça n'a pas marché ? demanda Mumbai, déçu.

— On les a peut-être trop remplies, supposa Flibus.

— C'est bien possible, acquiesça Corsarez, mais comment savoir quelle est la quantité appropriée pour chacune ? Il n'y a aucune mesure, aucun niveau visible.

Ne trouvant pas d'autre solution, Flibus commença à retirer de l'eau de la première jarre en demandant à Corsarez et Cenfort d'en faire autant avec les deux autres. En cadence, ils exécutèrent les mêmes gestes en se servant de leurs mains pour évacuer l'eau en trop. Ils s'arrêtèrent régulièrement à différents niveaux, mais en dépit de tous leurs efforts, cela ne changea rien.

Assis dans son coin, Martigan se sentit tout à coup exaspéré par cette expédition en voyant ses compagnons en difficulté. Il se demandait ce qui avait bien pu lui passer par la tête pour qu'il accepte de se porter volontaire. En fait, il avait surtout voulu suivre son meilleur ami, mais maintenant, il regrettait sérieusement d'être venu. Il se promit à l'avenir de n'écouter que son instinct, peu importe ce qu'en penserait Cenfort. Ne sachant pas trop quoi faire d'autre en attendant le retour sur le bateau, il ferma donc son unique œil pour piquer un somme quand il eut une sorte d'illumination. Il se revit soudain sur le bateau, le jour où un matelot avait accidentellement tiré avec son pistolet, ce qui avait percé la chope de rhum qu'il tenait dans sa main. Il se rappela alors comment le liquide s'était déversé par les deux trous avant de s'arrêter de couler sous le niveau d'entrée de la balle. Il se souvenait clairement s'être amusé ensuite en bouchant les trous avec ses doigts pour pouvoir boire le restant de rhum sans en renverser.

Martigan se leva d'un mouvement vif et s'approcha des jarres sans ouvrir la bouche. À son tour, il prit le temps de bien les observer sous les regards étonnés de ses compagnons. Il annonça peu après :

— Il faut croire que vous n'y arriverez pas sans moi.

— Retourne dans ton coin, toi ! rétorqua Cenfort. Tu ne vois pas que tu nous empêches de réfléchir…

— Justement. En vous observant devant ces jarres, j'ai eu tout le temps de réfléchir. Or, contrairement à vous, sachez que J'AI trouvé la solution ! déclara Martigan.

— Tiens donc ! s'exclama Mumbai. Et tu veux nous faire avaler ça ?

— Écoutez, si vous ne voulez pas de mon aide, libre à vous. Je peux très bien retourner m'asseoir. Mais il ne faudra pas vous plaindre devant le capitaine si vous revenez bredouilles !

Martigan s'était déjà retourné.

— Attends, reviens ! l'arrêta Flibus. Si tu sais comment résoudre cette énigme, eh bien, prouve-le-nous !

Le quartier-maître de *La Fleur de lys* venait de trouver les mots justes, car Martigan revint aussitôt sur ses pas en écartant ses compagnons des bras.

— Attention, messieurs ! Laissez passer le cerveau de cette expédition ! Vous me remercierez plus tard.

Le marin au bandeau noir observa encore une fois les trois jarres restantes, puis il s'accroupit devant la première, à gauche. À la stupéfaction générale, il en retira une sorte de bouchon en pierre situé à mi-hauteur. Pendant que la jarre se vidait, il se positionna devant celle du centre et enleva aussi un bouchon à un autre niveau. De l'eau s'en déversa encore une fois, mais Martigan ne s'y attarda pas non plus. Il alla prendre son tricorne des mains de Cenfort, le plongea dans la dernière jarre, puis se tourna vers ses compagnons en aspergeant leurs pieds comme s'il ne les avait pas vus. Son air arrogant ne passa pas inaperçu aux yeux de Mumbai qui s'apprêta à se jeter sur lui pour ce geste délibéré. Flibus ne lui en laissa cependant pas l'occasion.

Ravi de son petit coup, Martigan remit son tricorne mouillé sur sa tête et retira cette fois le bouchon de la dernière jarre. Ensuite, il croisa fièrement ses bras en attendant que l'eau ait fini de se déverser. Dès que les jarres eurent atteint leur niveau respectif, la dalle de pierre s'abaissa sur trois niveaux différents et déclencha aussitôt un mécanisme. Flibus et les autres restèrent sans voix en voyant l'immense porte s'ouvrir dans un bruit caractéristique de roches en mouvement. L'ouverture déclencha également un second mécanisme à l'intérieur de la grotte. Celui-ci libéra une résine, qui se déversa sur des torches disposées sur les parois, puis provoqua ensuite une étincelle de feu qui éclaira presque instantanément les lieux.

LA RENCONTRE

Le groupe de marins pénétra dans la grotte aztèque, le sourire aux lèvres et le regard émerveillé. Martigan avait été si impressionnant que ses compagnons ne lui tinrent aucune rigueur de son comportement provocateur. Somme toute, comment pouvaient-ils lui en vouloir, sachant qu'il était parvenu à résoudre seul l'énigme des jarres ? Cenfort fut d'ailleurs le premier à le féliciter avec une grande fierté et s'excusa même de l'avoir laissé en plan. L'affaire classée, les deux acolytes s'échangèrent rapidement une généreuse poignée de main en se promettant, à l'avenir, de se soutenir mutuellement en toutes circonstances.

La grotte était si vaste sur sa hauteur que Flibus et ses amis avaient même du mal à distinguer la voûte. Leur voix résonnait comme dans une cathédrale. Ils ne s'y attardèrent pas cependant et inspectèrent aussitôt les lieux. Malheureusement, ils constatèrent bien vite que la grotte était totalement vide, comme si elle avait déjà été visitée et dépouillée de tout ce qu'elle renfermait. Seules quelques fresques tapissaient la paroi rocheuse, soit rien de très intéressant pour des explorateurs en quête de richesses.

— On est arrivés trop tard, vous pensez? s'inquiéta Mumbai.

— C'est bien possible, reconnut Flibus. Cette grotte devait servir d'entreposage, car elle ne mène nulle part ailleurs. Il n'y a aucune autre issue. Que de la roche.

— Quelle malchance! s'écria Mumbai d'un air désespéré. J'avais vraiment cru un instant à l'existence de cette Cité d'Or. C'était sans doute trop beau pour être vrai. Porouc avait raison en fin de compte. Je le vois déjà nous dire quand nous rentrerons : « Vous voyez, je vous l'avais bien dit ! Mais voilà, personne ne m'écoute jamais ! »

Sur ce constat décevant, tous baissèrent les yeux, à l'exception de Martigan et Cenfort qui s'étaient légèrement écartés du groupe, heureux d'être à nouveau en bons termes. Sans prendre une direction bien précise, ils s'étaient retrouvés au centre de la grotte. Sous leurs pieds se trouvait une fresque représentant un magnifique soleil d'au moins quatre mètres de diamètre, mais auquel ils n'accordèrent aucun intérêt. La tête levée, ils admiraient plutôt l'étonnante hauteur des lieux. Cenfort remarqua le premier :

— Tu vois cette lueur, tout en haut ?

— Et comment ! Crois-tu que je suis aveugle ? Je suis borgne, mais j'y vois très bien, et même mieux que toi, je te ferai savoir. Cette lueur, c'est tout simplement la lumière du jour.

— Non, t'es sérieux ?

— Si je te le dis, l'ami. Je m'y connais en lueur. Comment crois-tu que j'ai réussi à résoudre l'énigme des jarres ? C'est parce qu'il y a eu cette lueur dans mon esprit. C'est elle qui m'a éclairé et mis aussitôt sur la piste.

— Alors là, tu m'épates, Martigan ! Je ne te savais pas aussi lumineux.

— Pff ! Qu'est-ce que tu crois ? s'empressa d'ajouter le marin en posant son doigt sur sa tempe. On dirait pas, mais il y en a là-dedans.

— Hé ! Venez voir par ici ! cria Cenfort en se retournant. Vous n'en reviendrez pas !

Alertés, Flibus et le reste du groupe rejoignirent rapidement leurs deux compagnons en pensant qu'ils avaient fini par trouver quelque chose, mais quand ces derniers montrèrent du doigt la lueur, ils restèrent ébahis en réalisant leur stupidité.

— Bon, la visite est terminée ! On retourne au navire ! ordonna cette fois Flibus.

Personne n'avait encore bougé lorsqu'un bourdonnement étrange résonna dans la grotte.

Juste après, les parois se mirent à trembler et des petites roches commencèrent à tomber.

— J'ai un mauvais pressentiment tout à coup! fit remarquer Corsarez.

Au même moment, sous leurs pieds, le sol où était représentée la fresque d'un soleil s'affaissa brusquement d'un côté et les emporta aussitôt dans un précipice. Tous crièrent sous l'effet de la panique avant de se sentir entraînés dans une pente vertigineuse. Ils eurent beau chercher à se retenir, ils n'y arrivèrent pas. Ils glissèrent en pleine obscurité dans un parcours sinueux sans savoir où il aboutissait. Ils ne pouvaient que hurler et ils ne s'en privèrent pas comme si cela allait les aider à sortir de ce mauvais rêve. Pourtant, le cauchemar ne semblait pas être issu de leur imagination. La glissade incontrôlable, le cœur qui battait la chamade, les cris de désespoir, tout ceci était bien réel. Flibus et ses amis avaient l'impression que leur descente aux enfers ne s'arrêterait jamais quand, soudain, ils entendirent un bruit de chute d'eau. Bientôt, ils distinguèrent une lueur au bout du tunnel, mais sûrement pas celle qui menait au paradis. Les huit marins ne pensaient pas suivre ce chemin en tout cas ; ils étaient trop effrayés.

La lueur devint rapidement de plus en plus large, jusqu'au moment où ils passèrent à toute vitesse à travers une cascade pour finalement chuter dans l'eau. À nouveau libres de leurs mouvements, ils tentèrent de nager tant bien que mal pour regagner au plus vite la surface. Flibus fut l'un des premiers à sortir la tête de l'eau, suivi de Corsarez et Mumbai. Les trois hommes cherchèrent ensuite du regard leurs compagnons, mais au bout d'un moment, ils commencèrent à s'inquiéter de ne pas les voir remonter. Ils s'apprêtaient à replonger pour les secourir lorsque Mumbai s'écria :

— Ça y est, j'aperçois Cenfort et Martigan qui essayent de regagner la rive, là-bas !

— Eh bien, on peut dire qu'ils n'ont pas perdu de temps, ces deux-là! fit remarquer Corsarez.

— Et les autres, vous les voyez? demanda Flibus.

— OHÉ! On est là! annonça enfin Yasar, plus vers la gauche, en compagnie des deux derniers marins.

Ravi d'avoir retrouvé son groupe au complet, Flibus souffla de soulagement et observa cette fois le paysage qui se dessinait devant lui. L'endroit était vraiment paradisiaque, avec une végétation luxuriante dont les contrastes de couleurs étaient rehaussés par les rayons du soleil. Voyant ses amis regagner la berge, le jeune marin ne s'attarda pas plus longtemps et nagea derrière eux. Une fois sorti de l'eau, il s'allongea près du bord, comme les autres, pour se reposer un peu. Ils avaient cependant à peine eu le temps de reprendre leurs esprits qu'ils entendirent des murmures. En se retournant, ils se virent alors encerclés par une vingtaine d'hommes armés.

— Ce sont des guerriers aztèques ! avertit Corsarez. Ne faites surtout pas de mouvements brusques, sinon ils n'hésiteront pas à nous tuer.

Munis d'arcs, de javelines et de sabres en bois aux lames de pierre tranchantes, les guerriers s'approchèrent d'un air menaçant. Certains portaient des vêtements en peau de jaguar, d'autres étaient vêtus d'une sorte d'armure de coton capitonné et tenaient une lance et un bouclier en cuir orné de plumes multicolores. Il y avait aussi des hommes plus jeunes simplement dotés d'un pagne, mais tout aussi déterminés à se servir de leurs armes à la moindre alerte.

— Nous sommes venus en amis ! crut bon d'annoncer Flibus en levant les bras bien haut pour montrer qu'il n'avait pas l'intention d'utiliser son sabre fixé à la ceinture. Pourrait-on s'adresser à votre chef ?

Plusieurs guerriers murmurèrent entre eux sans pour autant rabattre leurs armes, puis ils firent signe aux étrangers de se lever. Flibus et ses amis obéirent sans résister. De toute façon, ils étaient mal positionnés pour tenter quoi que ce soit. Ils se laissèrent finalement désarmer puis escorter en se demandant quel sort leur serait réservé. Ils longèrent d'abord des champs cultivés, puis ils entrèrent directement dans la ville aztèque. Très vite, des habitants de tout âge accoururent de partout pour venir voir les étrangers. La place du marché, où l'on négociait l'or, l'argent, les peaux, la céramique, le bois de construction et les produits variés de la terre, se vida en un instant. L'escorte essaya tant bien que mal de se frayer un passage au milieu de la foule, puis elle s'arrêta devant un bâtiment, tandis qu'un messager était déjà parti en courant vers le palais.

Après quelques minutes d'attente, les habitants s'écartèrent soudainement pour laisser passer leur souverain, accompagné de ses gardes et d'un groupe de nobles vêtus de manteaux aux couleurs vives. Le roi marchait sous un dais de plumes d'un vert brillant, brodé de fils d'or et orné de pierres précieuses. Ses vêtements étaient également constitués d'or et de perles. Aussi, dès qu'il leva le bras, la foule s'arrêta de parler. Deux guerriers obligèrent alors Flibus à s'avancer. Près de la cascade, ils avaient vite remarqué qu'il était le chef du groupe. Le roi sortit ensuite de sous le dais de plumes et tendit aussitôt une main, la paume vers le haut. Flibus comprit qu'il lui donnait l'autorisation de parler et il se présenta avant de demander à son tour à qui il avait honneur de s'adresser.

Sur ces paroles, une jeune femme au visage humble s'approcha et parla au roi dans une position d'humilité. Elle portait un simple vêtement uni qui descendait jusqu'aux chevilles. Elle s'exprimait d'une voix douce, à peine audible. Dès qu'elle eut terminé, elle se tourna finalement vers le marin.

— Mon nom est Tayanna et j'ai été choisie pour être votre interprète.

— Vous parlez donc notre langue ! s'étonna Flibus.

— Oui. Je parle huit langues.

— Extraordinaire ! Mais comment connaissez-vous autant de langues ?

— Au cours des derniers siècles, nous avons eu la visite de nombreux étrangers, Espagnols, Français, Anglais, Portugais et d'autres habitants de pays lointains. Beaucoup d'entre eux sont venus avec leurs armées dans l'intention de piller nos richesses et de soumettre notre peuple. Ils l'ont cependant payé de leurs vies. Quelques-uns se sont toutefois présentés à nous avec un esprit de paix et nous les avons accueillis comme des alliés. Ceux-là ont même choisi de vivre dans notre cité. Voilà pourquoi, aujourd'hui, se trouvent parmi nous des descendants de votre peuple. Et c'est en souvenir de ces explorateurs pacifiques que Sa Majesté, le roi Tenochtucan, vous souhaite la bienvenue.

Sur ces présentations, Flibus se prosterna avant de faire signe à ses amis d'en faire autant.

Visiblement ravi, le souverain se saisit d'un collier paré d'or que lui apporta l'un de ses sujets et le tendit devant lui.

— Sa Majesté, le roi Tenochtucan, aimerait vous offrir ce présent pour vous montrer son hospitalité, rapporta l'interprète.

— Mais avec joie! acquiesça Flibus en baissant la tête.

Devant la foule silencieuse, le roi passa le collier au cou de son hôte.

— Merci, Votre Majesté, c'est un grand honneur pour mes amis et moi.

L'interprète rapporta ces paroles à son souverain qui fit un simple signe de la tête avant de fixer à nouveau l'étranger comme s'il était dans l'attente de quelque chose. Flibus

leva les yeux sans trop savoir quel comportement adopter, s'il devait baiser la main du roi
ou bien se prosterner à genoux. Cherchant
alors de l'aide dans le regard couleur noisette
de la jeune femme, il comprit finalement ce
qu'on attendait de lui. La coutume voulait que
les hôtes offrent eux aussi un présent, ce qui,
somme toute, paraissait être la moindre des
attentions en guise d'accueil. Flibus se sentit
cependant gêné, car il ne voyait pas ce qu'il
pourrait bien offrir au roi en comparaison d'un
collier de crabes d'or. Il n'avait pas pensé un seul
instant que ses amis et lui seraient amenés à
découvrir une cité habitée. Sachant que les
Aztèques avaient presque entièrement disparu
après les conquêtes européennes, il s'attendait
plutôt à trouver des ruines envahies par la
végétation. Il n'y avait donc pas eu de raison
d'apporter des présents. Puis, comment ses
compagnons et lui auraient-ils pu les emme-
ner en traversant tous ces pièges depuis le
chemin de pierre et la grotte ?

De plus en plus mal à l'aise, Flibus chercha sur lui ce qu'il pourrait bien offrir. Posant alors son regard sur ses chaussures à boucles, il les enleva et les tendit en baissant la tête. Il n'avait aucune idée de la réaction que susciterait son geste. Peut-être allait-il être vu comme une insulte. C'était néanmoins le seul présent qu'il avait trouvé à faire.

À son grand étonnement, le roi accepta finalement de prendre ses chaussures. En levant les yeux, Flibus vit alors une servante s'approcher et commencer à défaire les sandales de son souverain. Dans une attitude d'humilité, elle prit ensuite les chaussures à boucles et tenta d'enfiler la première avec une grande délicatesse. Songeant qu'elles pourraient ne pas être à la bonne taille, Flibus réalisa au même moment sa maladresse. En observant la servante en difficulté, il crut que la situation allait mal finir pour ses amis et lui, mais dans un dernier effort, elle parvint enfin à placer la première chaussure. Le roi bougea ensuite son pied, de gauche à droite, puis il effectua de petites rotations comme pour voir l'effet sur lui. Le sourire aux lèvres, il présenta finalement l'autre pied à la servante. Une fois chaussé des deux souliers, le souverain fit quelques pas, visiblement satisfait, et leva les bras vers la foule qui manifesta enfin sa joie.

Après ces présentations, le roi donna des ordres et ses hôtes furent aussitôt conduits au palais situé dans le centre de la cité. En traversant la rue d'une étonnante propreté, Flibus et ses amis croisèrent de nombreuses habitations sans fenêtres et des fontaines publiques. Ils longèrent ensuite le marché avant de pénétrer dans une enceinte qui donnait sur une immense place où étaient érigées pas moins de trois pyramides. Ils restèrent encore plus stupéfaits en découvrant que la plus grande, au centre, était entièrement recouverte d'or comme dans la légende de la Cité d'Or. Jamais ils n'avaient vu pareille beauté. Même le temple, qui dominait depuis les hauteurs de la pyramide, était tout en or.

Les marins se virent enfin invités à entrer dans le palais protégé par des gardes qui faisaient leurs rondes sur les larges murs d'enceinte. Ils contournèrent d'abord une vaste cour avec un bassin entouré d'un magnifique jardin coloré, puis ils se laissèrent guider dans une immense bâtisse. Après qu'ils eurent traversé de nombreuses pièces ornées de fleurs, les gardes les introduisirent finalement dans des quartiers récemment rénovés et réservés aux invités les plus prestigieux. La salle s'étendait sur une grande surface avec, sur chaque mur, des fresques représentant des scènes de la vie quotidienne. Des nattes aux motifs variés habillaient également le sol, juste devant une longue table recouverte d'une nappe blanche finement brodée avec de magnifiques franges dorées sur les côtés. Des sièges sans dossier et parés d'un tissu rouge vif entouraient la table. Contre l'un des murs du fond, il y avait également quelques coffres en vannerie pour le rangement des vêtements. C'étaient les seuls meubles présents dans la pièce, ce qui la rendait encore plus spacieuse.

LA SALLE AU TRÉSOR

À peine installés dans leurs appartements, les invités virent des serviteurs et des servantes entrer à tour de rôle pour leur apporter des plateaux remplis d'innombrables mets. Flibus et ses amis avaient vraiment l'impression d'être traités comme des dieux, à tel point qu'ils s'en trouvèrent plutôt gênés. Ils se gardèrent toutefois de le montrer en s'installant à table, le visage souriant et remerciant toutes ces personnes envoyées à leur service. Tous ces mets représentaient de quoi les nourrir pour des jours entiers. Ils reçurent de la dinde, du faisan, de la perdrix, du canard et du poisson, mais aussi des galettes avec des bols remplis de fèves, de piments, de maïs et de tomates.

Comme boisson, ils se virent offrir une variété de cacao parfumé à la cannelle, à la vanille ou aux piments. Les serviteurs et les servantes se retirèrent ensuite pour que les invités de marque puissent manger en toute intimité.

Vite rassasiés, Martigan et Cenfort se levèrent de table en laissant leurs amis continuer à discuter et à rire de bon cœur devant leurs plateaux. Tenant un gobelet de cacao qu'ils trouvaient à leur goût, ils traversèrent la vaste salle tout en commentant les nombreuses fresques représentées sur les murs.

— C'est notre ami Picastro qui serait ravi de voir toutes ces peintures, fit remarquer Cenfort. Dommage qu'il ne soit pas venu avec nous.

— Comme tu dis. Sans doute aurait-il trouvé ici une meilleure inspiration, enchaîna Martigan, car je ne voudrais pas le dire, mais ses œuvres laissent plutôt à désirer ces derniers temps. Il possède un grand talent, je le reconnais, mais as-tu vu sa récente fresque dans les dortoirs ?

— Celle du perroquet multicolore avec une queue de poisson…

— Non, celle-ci est plutôt réussie ! Je la trouve même originale. Mais la dernière, par contre, est répugnante, crois-moi. Je me demande ce qui a bien pu lui passer par la tête. Imagine un peu. Il a dessiné un visage avec les yeux disproportionnés, une bouche surdimensionnée qui partait vers le côté et un nez complètement difforme placé juste au milieu du front.

— T'es sérieux ?

— Si je te le dis, l'ami ! insista Martigan. Mais attends, ce n'est pas tout. Quand je lui ai demandé ce qu'il avait voulu représenter, il m'a dit que c'était le visage d'une femme. Et pas n'importe quelle femme, en passant. Il m'a assuré que son œuvre décrivait la femme parfaite telle qu'il l'imaginait dans ses rêves. Tu te rends compte ? Honnêtement, il ne peut qu'avoir perdu l'esprit pour dire une telle chose. T'es d'accord avec moi ?

— Absolument.

— Sérieusement, Cenfort. Tu nous vois aux côtés d'une femme avec un visage pareil ? On ne saurait même pas où l'embrasser. Avec sa grande bouche sur le côté, puis ses yeux et son nez placés n'importe où, il y aurait de quoi nous donner des tics, je te jure.

Le marin grimaça en même temps pour rendre son histoire encore plus visuelle et comique. Cela eut d'ailleurs l'effet escompté, car Cenfort se mit aussitôt à rire tout en donnant une généreuse tape sur le bras de son ami. Dans son geste brusque, il provoqua cependant la chute du gobelet que tenait son ami.

— Hé, mais ça va pas ! s'emporta Martigan. Qu'est-ce qui t'a pris de me bousculer ? Regarde ce que tu m'as fait faire, patate !

— Je suis vraiment navré, l'ami.

— Navré, navré, tu aurais quand même pu faire attention ! Maintenant, j'ai du cacao sur mes vêtements.

Martigan commença à vouloir essuyer sa chemise avec ses mains, mais il ne fit qu'accentuer la grandeur de la tache. Visiblement agacé, il se lécha les doigts avant de remarquer qu'il avait aussi du cacao sur le bas de sa jambe droite. Sans attendre, il leva son pied en posant machinalement une main sur le mur pour ne pas perdre l'équilibre. Il chercha alors à retirer le cacao qui avait coulé jusque sur ses orteils quand, tout à coup, il réalisa sa maladresse. Il releva la tête et vit avec horreur qu'il avait laissé l'empreinte de sa main chocolatée directement sur une fresque.

— As-tu vu ce que tu as fait ? fit remarquer Cenfort.

— Penses-tu si je le vois ! paniqua Martigan. Je ne vois même que ça.

— Là, tu admettras que ce n'est pas moi le responsable…

— Mais si, justement, c'est entièrement de ta faute ! Si tu ne m'avais pas bousculé, nous n'en serions pas là.

— Écoute, c'est toi qui as commencé en me faisant rire…

— Oui, bon, ça va ! grogna Martigan. Comment va-t-on faire maintenant pour enlever cette tache ?

Le geste hésitant, le marin borgne entreprit finalement de frotter le mur en se servant de sa manche. Malheureusement, il ne fit qu'étaler le cacao sur une plus grande surface.

— Regarde, c'est pire maintenant…

— Oh ! Mais tu vas arrêter avec tes remarques ! Je le vois bien que c'est pire. Au lieu de me reprendre constamment, aide-moi plutôt à nettoyer ce truc avant que quelqu'un entre et constate les dégâts que nous avons causés.

Cette fois, les deux marins se lancèrent ensemble dans le travail de nettoyage, mais ils s'arrêtèrent très vite en notant qu'ils avaient cette fois étalé les couleurs.

— Tu as vu ça ? s'étonna Cenfort. On dirait que la peinture est encore fraîche.

— Moi, je remarque surtout qu'on a effacé une partie de la fresque…

— Eh! misère! Il ne manquait plus que ça. On est fichus, c'est certain! Le roi de cette cité risque de nous faire payer très cher notre geste après nous avoir accueillis dans son palais comme des dieux.

Notant alors que leurs amis étaient toujours en train de discuter et de rire à table, Martigan suggéra :

— Et si on essayait de reproduire la fresque avec le cacao qui est tombé sur le sol.

— Tu crois qu'on y arriverait sans que personne remarque la différence ?

— On peut toujours tenter le coup. Ça ne coûte rien. Après tout, on ne pourra pas faire pire.

— Bon, d'accord.

Sans plus attendre, les deux complices étalèrent leurs mains sur le sol pour bien les imbiber de cacao, puis ils commencèrent leur travail de restauration. Tout doucement, la silhouette du noble aztèque représenté sur la fresque reprit forme humaine, du moins le crurent-ils…

— Ma foi, c'est pas trop mal déjà, je dirais ! se réjouit Martigan avant d'être interrompu par son ami.

— Oh, non !

— Qu'y a-t-il ?

— Regarde. Le plâtre du mur est en train de s'effriter.

— Patate ! Tu ne pouvais pas faire attention, non !

— Écoute, je n'y suis pour rien moi. C'est leur matériau de construction qui laisse à désirer. C'est à croire que ce mur vient tout juste d'être monté.

— Oh, non ! Moi aussi, j'ai fini par faire un trou dans le plâtre. Tu parles d'une malchance ! pesta cette fois Martigan en frappant le mur avec rage.

Dans son geste brusque, le marin passa sa main à travers la paroi, à la grande stupeur de Cenfort, qui paniqua :

— Tu es fou ! Regarde ce que tu as fait. Avec ce trou, je peux t'assurer qu'on a déjà un pied dans la tombe. Le roi ne va pas nous le pardonner, c'est certain.

Martigan retira aussitôt sa main coincée en arrachant inévitablement une partie du mur. Le pire semblait avoir été atteint cette fois. Le marin borgne resta sans bouger, aussi horrifié que son ami, quand la curiosité le poussa à regarder à l'intérieur du trou.

— Mais qu'est-ce que tu fais ? demanda Cenfort.

— C'est pourtant assez évident, il me semble. J'essaie de voir ce qu'il y a de l'autre côté de ce mur, mais c'est trop sombre.

— Et tu penses que c'est vraiment le moment ?

— Eh bien, disons que je me questionne sur la présence de ce mur, tout à coup. Comme tu l'as remarqué, on dirait effectivement qu'il vient d'être monté. Mais pour quelle raison ? Là est la question. Ce qui est sûr, c'est qu'il y a une autre pièce de l'autre côté. Quand ma main s'est enfoncée, je n'ai rien senti à part le vide.

— Et alors. En quoi cela va arranger nos affaires ?

— Oh ! Mais tu ne comprends jamais rien, toi ! Tu n'es pas curieux de voir ce qu'ils ont caché derrière ce mur ?

— Je ne sais pas. Oui, peut-être.

— Dans ce cas, aide-moi à agrandir ce trou.

— T'es vraiment sérieux ?

— Heu… Tu crois peut-être que ça m'amuse de faire des trous dans les murs. Allez ! Ne perdons pas de temps à bavasser.

Hésitant sur le coup, Cenfort s'assura d'abord qu'ils n'étaient pas observés, puis il aida son ami à retirer des briques d'adobe encore fraîches. En moins de temps qu'il ne faut pour le dire, ils formèrent un trou de près de cinquante centimètres de diamètre avant de s'arrêter. Martigan regarda alors à nouveau avant de s'écrier :

— Je n'en crois pas mes yeux ! Il y a un véritable trésor de l'autre côté…

— Ah oui ? Écarte-toi, je veux voir aussi ! pressa Cenfort, avant de constater à son tour les faits.

Les deux marins se regardèrent, les yeux émerveillés et remplis de convoitise, quand, tout à coup, ils sursautèrent en entendant Corsarez crier dans leur direction de l'autre bout de la salle.

— HÉ ! MAIS QUE FAITES-VOUS, LÀ-BAS ?

— Ça y est, ils nous ont vus, paniqua Cenfort. On est fichus.

Martigan, lui, ne perdit pas espoir et chercha plutôt une façon de mettre la situation à leur avantage. Il avertit de loin :

— Venez voir ce que nous avons découvert, vite !

Flibus et le reste du groupe se levèrent de table et s'approchèrent d'un pas rapide avant de voir avec horreur ce trou béant au beau milieu du mur. Il ne leur fallut guère longtemps pour faire le rapprochement avec leurs amis.

— Mais qu'est-ce qui vous a pris, tous les deux ? gronda Flibus. Vous êtes malades ! Vous teniez à nous faire arrêter et exécuter ?

— C'était un accident, s'empressa de répondre Martigan. Cela dit, nous avons quand même découvert un véritable trésor, juste derrière ce mur…

— Attendez, écoutez ! coupa aussitôt Corsarez. J'entends des voix et des bruits de pas qui approchent.

— Là, c'est sûr, notre dernière heure a sonné ! s'alarma Cenfort.

Cherchant un moyen de cacher rapidement cet incident regrettable, Flibus regarda aux alentours.

— Vite, aidez-moi à porter ces coffres jusqu'ici !

Corsarez et Mumbai se joignirent prestement à leur quartier-maître, tandis que Martigan et Cenfort ramassaient les morceaux de briques tombés sur le sol pour les jeter dans le trou. Ils se dépêchèrent ensuite de placer les coffres les uns sur les autres devant le mur pour dissimuler le trou, lorsqu'un groupe de fonctionnaires aztèques entra subitement dans la salle. Flibus et ses amis se retournèrent au même moment comme si de rien n'était, puis ils s'avancèrent pour saluer leurs visiteurs. Tayanna se trouvait aussi avec eux. Elle s'empressa de leur demander :

— Votre repas était-il à votre convenance ?

— Heu… Oui, absolument ! balbutia Flibus en s'approchant davantage, tandis que ses compagnons formaient un rang derrière lui afin d'éviter que les regards se portent vers le fond de la pièce.

— Vous nous en voyez ravis, se réjouit l'interprète avec un charmant sourire. Aussi, pour nous faire l'honneur de votre présence, Sa Majesté, le roi Tenochtucan, souhaiterait vous inviter à regarder un tournoi de jeu de balles.

— De jeu de balles, dites-vous! répéta Flibus, quelque peu embarrassé. Eh bien… Oui, ce serait avec joie. Nous avons également le loisir de pratiquer régulièrement un jeu de balles sur notre navire. Nous l'appelons le *tsu-mari*[6]…

Tout en continuant la discussion, Flibus et ses amis se laissèrent conduire à l'extérieur, non sans jeter un dernier regard inquiet vers le fond de la salle.

---

[6] Voir le tome 3, *La ligue des pirates*.

LE SACRIFICE

Au milieu d'une foule bruyante, les huit marins se firent escorter jusqu'au terrain de jeu situé tout près de la grande pyramide recouverte d'or. Le roi les invita alors à s'asseoir dans les gradins, tout près de sa loge. L'aire de jeu avait la forme d'un I majuscule délimité par deux larges murs latéraux d'une dizaine de mètres de haut et légèrement inclinés. Dans leur partie centrale, se trouvait également un gros anneau de pierre disposé sur chacun des deux murs, à environ trois mètres du sol.

Installée aux côtés des marins étrangers à la demande du roi, la belle interprète aztèque ne manqua pas de présenter les règles du jeu pratiqué par les habitants de sa cité. Deux équipes de deux à dix joueurs s'opposaient de part et d'autre du terrain en se renvoyant une balle de caoutchouc sans qu'elle touche le sol. Les participants se servaient des genoux, des coudes, des hanches ou des fesses, tout en évitant d'utiliser les mains ou les pieds. Comme la balle était pleine et pouvait peser plus de trois kilos, ils devaient porter des protections pour atténuer la violence des coups : coudières, genouillères et ceinture de cuir. L'équipe qui ne renvoyait pas la balle correctement, soit hors des limites du terrain ou en utilisant une partie du corps interdite, perdait alors un point et en faisait gagner un au camp adverse. La partie s'achevait lorsque le nombre de points déterminé à l'avance était atteint. Cela dit, le jeu pouvait également s'arrêter quand un joueur réalisait l'exploit, assez rare, de faire passer la balle dans l'anneau correspondant à son camp. Celui qui réussissait cette prouesse recevait alors les honneurs du roi en plus d'une grande popularité parmi les habitants.

Flibus ne manqua pas de remercier Tayanna pour ses explications, tandis que les deux équipes s'installaient sur les terrains sous les acclamations du public. Il ne put s'empêcher cependant de repenser à l'incident survenu dans leurs appartements. Inquiet, il se demanda comment ils allaient pouvoir reboucher ce trou sans éveiller les soupçons. Voyant alors Martigan et Cenfort tourner la tête dans sa direction, il ne se priva pas de les foudroyer du regard. Les deux marins devinèrent sans peine ses pensées et firent aussitôt semblant de regarder ailleurs. Il ne s'en fallait pas de beaucoup pour qu'il se jette sur eux et les balance du haut des gradins. Ce n'était pas l'envie qui lui manquait en tout cas. Distrait par cette pensée, Flibus ne remarqua pas alors que les spectateurs avaient les yeux rivés sur lui. Intrigué, il tourna la tête et vit avec étonnement l'un des joueurs s'approcher avec tout son équipement. L'homme s'adressa à lui, en accompagnant ses paroles par des gestes, mais Flibus s'excusa de ne pas comprendre.

— Il vous invite à jouer dans son équipe, expliqua la belle interprète.

— Écoutez, je ne voudrais pas vous offenser, confia aussitôt Flibus, mais je ne saurais comment jouer.

L'homme continua cependant à parler en faisant des signes vers le terrain de jeu.

— Il insiste, rapporta Tayanna. Il vous demande d'accepter de vous joindre à lui. Vous feriez un grand honneur à son équipe.

Flibus se sentit tout à coup mal à l'aise de devoir refuser une seconde fois. Regardant tour à tour ses compagnons, le public et finalement le roi, qui l'invita de la main à se lever, il ne put que répondre favorablement. Avec un sourire forcé, il prit donc le casque de protection en cuir que lui tendit le joueur, puis il descendit les gradins sous de vives acclamations.

Intimidé par la foule qui l'observait, Flibus enfila son équipement avec l'aide de l'un de ses deux coéquipiers, puis il prit place sur sa partie de terrain, face à son adversaire direct situé de l'autre côté de la ligne centrale. Au signal du juge-arbitre, l'équipe opposée s'engagea la première. Les joueurs expérimentés s'envoyaient la balle avec une facilité étonnante. Soudain, l'un d'eux l'expédia dans le camp de Flibus, mais elle fut aussitôt récupérée par un partenaire avant qu'elle touche le sol. Le jeune marin suivit le déroulement du jeu avec attention, en espérant que ses partenaires se garderaient de lui faire une passe au risque de perdre le point. Il se réjouit de voir la balle repartir de l'autre côté et aboutir à son adversaire d'en face qui, cette fois, n'hésita pas à l'envoyer dans sa direction. Par réflexe, Flibus se jeta sur le côté et réussit à la toucher avec sa protection située à l'avant-bras, mais elle partit vers l'arrière. Le public se mit aussitôt à crier en voyant que la balle allait toucher le sol, mais un coéquipier se jeta dessus au dernier moment et parvint à la redresser vers l'autre partenaire.

Tout doucement, Flibus s'habitua au jeu en relançant la balle sans toutefois produire de gestes spectaculaires. Il se contenta d'effectuer des passes toutes simples. Fort heureusement, ses adversaires se montraient assez indulgents en lui renvoyant la balle en douceur et moins souvent qu'aux autres. L'objectif de la partie n'était sûrement pas d'humilier leur hôte, mais de lui faire passer un agréable moment. À force d'être peu sollicité, Flibus se sentit toutefois légèrement touché dans son orgueil et il commença à prendre quelques risques en cherchant à récupérer plus de balles. Du coup, il en fit tomber plusieurs sur le sol, entraînant rapidement un écart de points à la défaveur de son équipe. Le public et le roi apprécièrent néanmoins son courage et les spectateurs se mirent très vite à l'acclamer chaque fois qu'il touchait la balle. Encouragé, il décida alors de réussir l'exploit de faire passer la balle par l'anneau du mur. Aucun autre joueur n'y était encore parvenu durant cette partie, et il poussa l'audace à vouloir tenter le coup. Voyant la balle circuler dans le camp opposé, il attendit que l'occasion se présente enfin. Soudain, il vit la balle venir vers lui. Jetant rapidement un coup d'œil sur la position de l'anneau, il plongea brusquement en avant. La balle toucha sa protection à l'avant-bras et s'éleva près du mur. Le public se leva tout à coup en croyant assister à l'exploit, mais des cris de déception retentirent presque aussitôt lorsque la balle percuta le pourtour de l'anneau de pierre. Un coéquipier surgit cependant et frappa la balle avant son contact avec le sol. Elle fila à nouveau dans les airs et passa cette fois directement par le trou sous les acclamations assourdissantes du public. Ce point mit aussitôt fin à la partie dans un retournement de situation extraordinaire. Flibus, qui s'était retrouvé à terre en tentant son geste, ne réalisa pas sur le coup lequel des deux camps avait remporté le point. Mais en voyant ses partenaires venir vers lui en le félicitant, il comprit très vite qu'ils venaient d'obtenir la victoire.

L'équipe gagnante fut invitée à monter dans les gradins afin de recevoir les honneurs du roi quand, tout à coup, des cris d'effroi s'entendirent au loin. Des murmures s'élevèrent du public et les regards commencèrent à se tourner dans la même direction. En un instant, la panique s'empara brusquement des habitants. Bientôt, plusieurs personnes se mirent à hurler et à courir en voyant une sorte de serpent géant qui s'approchait de la ville. Alertés, les gardes resserrèrent aussitôt les rangs afin de protéger leur souverain, puis ils le conduisirent à l'abri, hors du terrain, tandis que des guerriers envahirent à leur tour les lieux. Sans perdre de temps, ils se saisirent des étrangers et les entraînèrent avec force au moyen de leurs armes.

Cachés par la foule, Flibus et ses amis n'eurent pas le temps de comprendre ce qui venait de se passer. Du statut d'hôtes traités comme des dieux, ils se retrouvèrent brusquement au rang de prisonniers. Sans explications, ils furent conduits sous bonne escorte dans les rues de la ville et jetés dans une modeste bâtisse d'une seule pièce faite de torchis et recouverte d'un toit de roseaux.

• • •

Dans les rues, les cris s'élevèrent durant un long moment avant de laisser place à des murmures de protestation, comme si une rébellion venait de naître. Flibus, le premier, se questionna sur ce changement brutal de traitement. Il essaya d'en discuter avec ses amis, mais l'arrivée d'un chef guerrier et de ses hommes armés les interrompit. Tayanna, l'interprète, se trouvait également avec eux.

— Pouvez-vous nous dire pourquoi nous avons été arrêtés ? demanda Flibus.

— Pour la sécurité de Sa Majesté, le roi Tenochtucan.

— Mais nous n'avons jamais eu l'intention de nous en prendre à sa vie ! assura le quartier-maître de *La Fleur de lys*. Que ce soit la sienne ou celle des habitants de votre cité d'ailleurs, vous pouvez nous croire !

— Je suis désolée, mais nos guerriers et nos prêtres n'en sont pas convaincus, confia l'interprète. Ils pensent que vous avez délibérément conduit le malheur dans notre cité.

— Le malheur ! Mais quel malheur ? Expliquez-vous !

— En venant jusqu'à nous, vous avez réveillé la colère du dieu-serpent.

— Nous ! Mais voyons, c'est impossible ! Comment aurions-nous fait ?

— Nous avons également découvert que vous tentiez de vous emparer du trésor du palais...

— Écoutez, pour le trésor, il y a une explication très simple ! s'empressa de répondre

Flibus. C'était un accident, un regrettable accident, voilà tout.

La belle interprète ne put ajouter un mot, car le chef guerrier ordonna à ses hommes de se saisir des prisonniers sur-le-champ. Flibus et ses amis furent ainsi entraînés à l'extérieur où une foule nombreuse et hostile les attendait déjà. L'escorte les conduisit hors de la ville sous les cris des habitants. Ils empruntèrent ensuite un sentier au milieu de l'abondante végétation avant de s'arrêter devant une assemblée dirigée par le grand prêtre de la cité. L'homme était vêtu d'un manteau bleu brodé d'or avec de multiples motifs aux coloris rouges et jaunes. Il portait également un masque orné de plumes. Dans une main, il tenait une sorte de dague en silex, et dans l'autre, un bouclier en cuir de cérémonie.

Au signal du grand prêtre, deux guerriers se saisirent de Flibus et l'emmenèrent au bord d'un précipice. Trente mètres plus bas se trouvait un gouffre rempli d'une eau sombre comme la mort. En voyant qu'on les entraînait en dehors de la ville, Flibus avait très vite compris le sort qui leur était réservé, et même s'il avait espéré se tromper, il n'y avait plus de doute possible maintenant. Ses amis et lui allaient bien être sacrifiés. Face à l'imminence de sa condamnation, il se tourna vers ses compagnons d'infortune et les salua une dernière fois :

— Sachez, mes amis, que ce fut pour moi un honneur de vous avoir à mes côtés !

— Ce fut un honneur pour nous aussi ! s'empressa de répondre Corsarez, au nom de tous.

— J'aurais certes préféré que notre route ne s'arrête pas si tôt, et surtout en pareille circonstance, mais il faut croire que le destin en avait décidé autrement. Adieu, mes amis !

Devant la foule réunie, le grand prêtre invoqua les dieux pour le premier sacrifice. Son bouclier de cérémonie d'une main et sa dague de silex de l'autre, il s'apprêta à porter le coup de grâce, lorsqu'un effroyable craquement d'arbre déraciné s'entendit dans la forêt environnante. L'instant d'après, le serpent géant récemment aperçu à l'entrée de la ville en jaillit brusquement en créant un nouveau mouvement de panique. Tout aussi effrayé que ses concitoyens, le grand prêtre recula par réflexe et perdit l'équilibre. Flibus tenta de le retenir, mais il ne put l'empêcher de basculer dans le vide. En le voyant tomber dans le gouffre de si haut, il n'hésita pas un seul instant et sauta pour le secourir. Les bras tout d'abord écartés et les jambes jointes, tel un plongeur d'élite, il fendit l'air dans un parfait équilibre, avant de rabattre ses bras au dessus de sa tête pour pouvoir plonger efficacement. Une fois entré dans l'eau, qui n'était pas aussi sombre que depuis les hauteurs, il chercha du regard le grand prêtre. Il le vit presque aussitôt qui coulait, inconscient, dans les profondeurs du gouffre. Sans perdre de temps, il nagea jusqu'à lui et l'entraîna rapidement vers la surface pour le ramener sur la berge. Il se dépêcha ensuite d'opérer sur lui les manœuvres de réanimation. Fort heureusement, l'homme ne tarda pas à réagir en toussant puis en recrachant l'eau avec laquelle il avait failli se noyer.

— Eh bien, il s'en est vraiment fallu de peu pour que vous y passiez ! murmura Flibus même s'il s'attendait à ne pas être compris.

Le grand prêtre le regarda fixement, sans doute surpris de se retrouver face à celui qu'il devait sacrifier. Observant ensuite les alentours, il réalisa ce qui venait de se passer et comment il s'était retrouvé allongé sur la berge.

— Je vous remercie.

— Vous comprenez donc ce que je dis, tout comme Tayanna ! s'étonna Flibus, agréablement surpris.

— Oui. Je connais très bien votre langue. Ma mère me l'a apprise quand j'étais enfant. Elle-même l'avait apprise de son père, puis lui de son père, un explorateur français qui avait finalement choisi de vivre dans cette cité parmi les Aztèques. Ma famille a tenu à préserver cette langue dans les générations futures afin de ne pas oublier qui était notre ancêtre, et c'est moi qui ai enseigné votre langue à Tayanna. Elle est ma sœur. Nos parents étant morts quand elle était enfant, c'est moi qui l'ai élevée. En dépit de ma fonction de prêtre pour laquelle j'ai fait le vœu de célibat, j'ai pris soin de Tayanna comme si elle était ma propre fille.

— Eh bien, j'étais loin de me douter que vous pouviez être frère et sœur ! Il faut dire qu'avec votre masque de cérémonie, il m'était bien difficile de le constater. Mais là, en vous regardant de plus près, je remarque effectivement un petit air de famille, même si je n'ai jamais été très doué pour voir les ressemblances.

Les deux hommes sourirent quand, soudain, des bruits s'entendirent dans les buissons. Un groupe de guerriers en sortit peu après et s'avança prestement d'un air menaçant. Le grand prêtre se redressa aussi-tôt et leur parla avant qu'ils ne se jettent sur l'étranger.

En voyant les armes se rabaisser, Flibus comprit alors que le grand prêtre venait de plaider en sa faveur. Les guerriers les aidèrent à se relever, puis ils les escortèrent tous les deux à travers la jungle. Après quelques minutes de marche, ils rejoignirent le reste des prison-niers qui avaient été entraînés sous bonne garde loin de la menace du serpent géant. Tayanna était également présente. En décou-vrant son frère toujours en vie, elle se précipita vers lui. Le grand prêtre ne cacha pas non plus sa joie de la revoir, puis il s'empressa de rappor-ter au chef des guerriers comment l'étranger lui avait sauvé la vie. Face à ce fait, il décida donc de ne pas poursuivre le sacrifice, d'au-tant plus que le serpent géant pouvait encore surgir à tout moment. Il devenait urgent de trouver un autre moyen d'obliger la créature à retourner d'où elle venait.

DIEU PAR DIEU

La cité aztèque se retrouvait brusquement en plein chaos. Les rues résonnaient de cris provenant de toutes parts. Les habitants s'enfermaient dans leurs maisons en attrapant leurs jeunes enfants au passage. D'autres préféraient fuir hors de la ville pour se cacher dans les montagnes environnantes. Tous les biens matériels étaient laissés sur place, à l'exception des animaux d'élevage que certains propriétaires tenaient à mettre à l'abri, peu importe les risques. Ces bêtes étaient tout pour eux. Elles faisaient partie intégrante de leur famille. Ils éprouvaient à leur égard un attachement si fort qu'ils étaient prêts à sacrifier leur vie pour les sauver.

Soulagé de savoir le roi en sécurité dans son vaste palais, le grand prêtre se concerta avec le chef des guerriers. Malheureusement, toutes les attaques contre le serpent géant s'étaient avérées vaines jusque-là. Sa taille et l'épaisseur de sa peau rendaient leurs armes totalement inefficaces. Face à la situation, Flibus proposa son aide et celle de ses compagnons.

— Votre proposition est très honorable, répondit le grand prêtre. Elle confirme que vous n'aviez pas l'intention de nous nuire en venant dans notre cité. Par conséquent, nous acceptons bien volontiers votre aide. Toutefois, à la lumière des informations fournies par notre chef des guerriers, il apparaît évident que nos armes n'arrêteront pas ce serpent. C'est un dieu, et nous sommes impuissants face aux pouvoirs des dieux.

— C'est peut-être un dieu, mais un dieu fait de chair et de sang, tout de même ! fit remarquer Flibus. Nous pourrions le prendre au piège dans un gigantesque cercle de feu.

— Oui, mais comment ? Le chef des guerriers vient de me confirmer qu'il se trouve dans la cité. Nous ne pouvons pas prendre le risque de mettre le feu à la ville.

— Dans ce cas, obligeons-le à sortir de la ville ! Une fois qu'il sera à l'extérieur, nous n'aurons plus qu'à l'entraîner dans notre piège.

— Votre plan me semble bien intéressant, mais de quelle façon arriverons-nous à l'attirer hors de la cité ?

— En utilisant des chèvres comme appât, tout simplement, expliqua Flibus. J'ai vu que vous en éleviez. Il suffirait de courir, en les tirant avec une corde, pour pousser le serpent à nous suivre. Alors, qu'en pensez-vous ?

Convaincu, le grand prêtre exposa ce plan au chef des guerriers, qui approuva aussitôt. Sans plus attendre, tous étudièrent le meilleur endroit pour attirer le serpent géant. Ils trouvèrent rapidement une clairière propice pour y préparer leur piège. Un groupe de guerriers fut ensuite envoyé dans l'un des entrepôts de la cité afin d'y récupérer des jarres d'huile d'éclairage, tandis qu'un autre se chargea de rapporter un troupeau de chèvres. À leur retour au point de ralliement, ils imbibèrent les lieux d'huile en formant un cercle de cinquante mètres de diamètre.

— Voilà, nous sommes prêts ! avertit le grand prêtre. Nos guerriers vont pouvoir attirer le serpent jusqu'ici.

— Laissez mes compagnons et moi y aller avec eux ! demanda Flibus.

— Très bien, si tel est votre souhait. Après tout, c'est votre plan.

Sans plus tarder, Flibus pressa ses hommes de se choisir une chèvre et de le suivre. Personne n'hésita un seul instant, mais Martigan ne se priva pas d'apporter son petit commentaire :

— Finalement, je me demande si ce n'est pas nous, les chèvres, dans cette histoire.

— Qu'est-ce que tu peux être bêêête! jeta Cenfort en imitant le cri de la chèvre.

— Oui, bon, ça va, l'ami! Et toi, ma petite, tu ne perds rien pour attendre! avertit Martigan en fixant sévèrement du regard son animal de compagnie qui tendait à lui résister. Je sens que cette chèvre va me faire tourner en bourrique.

Le groupe de marins et de guerriers traversa l'une des quatre rues principales de la ville pour rejoindre le serpent, facilement visible de loin. Le géant reptile s'était carrément enroulé autour de la grande pyramide d'or et sa tête s'élevait au-dessus du temple. Arrivés à une centaine de mètres de là, ils s'arrêtèrent et firent des va-et-vient de droite à gauche afin d'attirer son attention. La présence des chèvres sembla avoir l'effet escompté, car le serpent tourna rapidement la tête dans leur direction.

Flibus donna alors l'ordre de rebrousser chemin, tout d'abord lentement, puis en accélérant le pas. L'instant d'après, le serpent se déroula de la pyramide et commença à ramper vers le groupe qui, cette fois, se mit à courir en entraînant les chèvres. Affolées à la vue du géant, celles-ci n'offrirent aucune résistance. Martigan fut loin de s'en plaindre, lui qui avait craint d'être tombé sur une bête récalcitrante. Il n'eut quasiment pas besoin de tirer sur la corde de sa chèvre, tout aussi pressée d'échapper à la menace que ses congénères.

Comme Flibus l'avait espéré, le serpent suivit ses proies dans la rue et finit par sortir de la ville. Arrivés sur les lieux de l'embuscade, Flibus et ses amis se déployèrent rapidement en s'abritant derrière des rochers. Dès que le reptile géant pénétra le périmètre du piège, le grand prêtre jeta sa torche sur l'huile qui se mit aussitôt à prendre feu. Les flammes parcoururent tout le cercle à une vitesse foudroyante pour finalement emprisonner la bête. En entendant les sifflements de panique du serpent, tous les participants à cette opération sortirent de leurs abris en manifestant bruyamment leur joie. Les habitants qui s'étaient cachés dans les environs ne tardèrent pas à les rejoindre. Tous croyaient enfin à la victoire, mais tout à coup, les regards se levèrent. Une créature volante chevauchée par une momie traversa les airs et fonça directement dans les flammes. L'instant d'après, le serpent géant jaillit brusquement du mur de feu en provoquant les cris de la foule qui courut dans tous les sens. Plusieurs chèvres s'échappèrent par la même occasion et disparurent dans la forêt, enfin libres. Étrangement, le reptile avait soudainement redoublé d'agressivité sous l'emprise du spectre volant qui venait de le posséder. Il se retrouvait également sous le contrôle de la momie qui s'était positionnée sur sa tête et qui l'obligea aussitôt à reprendre la direction de la cité.

Stupéfait de la tournure des événements, le grand prêtre se tourna vers Flibus :

— Je vous l'avais bien dit ! Nous ne pouvons pas lutter avec les pouvoirs des dieux. Seul un dieu serait en mesure de vaincre un autre dieu, expliqua le chef religieux aztèque avant de s'écrier : Attendez, mais oui ! Voilà !

— Qu'y a-t-il ? demanda Flibus.

— Nous allons faire appel à un autre dieu ! répondit le grand prêtre tout en prenant le chemin de la ville.

Le jeune marin resta surpris par cette réaction, tout comme ses amis et les guerriers aztèques réunis. Tous se demandaient où le grand prêtre pouvait bien se rendre.

— Vite, suivons-le ! lança Flibus.

Marins et guerriers se dépêchèrent de rejoindre le chef religieux afin de l'escorter. Avec lui, ils traversèrent la cité en empruntant une rue latérale à celle prise par le serpent géant. Ce dernier avait déjà détruit plusieurs habitations d'un quartier.

Arrivé sur la place centrale, le grand prêtre monta en toute hâte les marches de la grande pyramide d'or et entra dans le temple situé sur les hauteurs. Flibus et ses amis cherchèrent à l'accompagner, mais les guerriers aztèques leur interdirent aussitôt l'accès au lieu sacré en se plaçant en faction devant l'entrée.

Au loin, le serpent géant leva au même moment la tête dans leur direction, comme si son guide avait remarqué la présence de ces hommes tout en haut de la grande pyramide. Sans plus attendre, la petite momie poussa sa monture à se diriger vers eux.

Pendant ce temps, dans le temple, le grand prêtre ouvrit un codex, constitué de fines feuilles de papier collées en forme d'accordéon. S'arrêtant sur l'une des pages remplies de pictogrammes colorés, il commença une série d'incantations.

Le serpent ne tarda pas à atteindre la grande pyramide pour s'y enrouler encore une fois, tandis que les guerriers se tenaient déjà prêts à repousser ses attaques. Ces derniers n'attendirent pas très longtemps, car il plongea bientôt sa tête et frappa violemment le sol devant l'entrée du temple comme pour lancer un avertissement. Ceux qui possédaient des javelines ripostèrent tout aussi rapidement, mais aucune n'arriva à se planter dans l'épaisse peau écailleuse. Au second assaut, un guerrier manqua de peu d'être écrasé. Déséquilibré, il perdit son épée de bois à lame de pierre avant de se retrouver à nouveau dans la mire du serpent. Voyant la menace qui pesait sur le jeune homme, Flibus se jeta sur l'arme et l'agita aussitôt au-dessous de la tête du reptile. Il se sentait bien impuissant face à ce colosse, mais il essaya de ne pas montrer sa peur et se mit à crier avec rage. Il s'arrêta cependant peu après en entendant le rire diabolique de la momie. Cela ne le découragea pas pour autant. Il commençait à en avoir vraiment assez de cette créature. Après s'être assuré que le guerrier désarmé s'était mis à l'abri, Flibus s'écarta pour mieux se positionner et lança l'épée. Celle-ci frappa directement la momie, qui bascula brusquement de sa monture et s'abattit sur le sol. Tous crurent alors que la créature avait enfin été tuée, mais ils la virent se relever comme si de rien n'était, prendre l'arme et se jeter sur Flibus. Personne n'eut le temps de réagir. Avec une vitesse stupéfiante, la momie fit une rotation dans les airs pour frapper le jeune marin à la tête quand, tout à coup, un gros aigle royal jaillit du temple et l'engloutit en plein vol.

Tandis que le grand prêtre sortait du temple, le serpent géant tenta à son tour d'attraper cette nouvelle proie, mais il ne parvint pas à s'étirer suffisamment. Étonnamment, l'aigle se mit à grandir de plus en plus au fur et à mesure qu'il prenait de l'altitude. En quelques instants, il se transforma en un oiseau géant, alertant aussitôt le serpent qui se déroula sur-le-champ de la pyramide pour s'enfuir. Mais l'aigle royal ne le perdit pas du regard et fondit rapidement sur lui en déployant ses larges ailes. Il l'agrippa finalement avec ses imposantes griffes et l'emporta dans les airs. La scène était si impressionnante à voir depuis les hauteurs de la pyramide que tous restèrent ébahis en observant les deux créatures qui disparurent bientôt derrière la montagne.

Cette fois, les cris de victoire sortirent de toutes les bouches. Comme l'avait annoncé le grand prêtre, seul un dieu pouvait vaincre un autre dieu.

• • •

La menace enfin écartée, tous les habitants de la Cité d'Or regagnèrent progressivement leurs demeures pour mesurer l'ampleur des dégâts. La plus grande partie de la ville avait heureusement été épargnée. Le seul quartier touché présentait plusieurs maisons embouties, mais loin d'être irréparables. Plus important encore, aucune victime n'était à déplorer, en dehors de quelques dizaines de blessés.

Le roi Tenochtucan sortit du palais sous bonne escorte pour se rendre directement sur les lieux du sinistre et manifester son soutien à la population. Après avoir promis une aide matérielle aux habitants qui avaient perdu leurs biens, il félicita tous ceux qui avaient pris part à la libération de la cité, et notamment leurs hôtes qui n'avaient pas hésité à offrir leur aide malgré les accusations qui pesaient sur eux. Le souverain ne manqua pas non plus de présenter toute sa gratitude à Flibus qui avait sauvé la vie de son grand prêtre. Aussi, pour souligner cet événement mémorable, il organisa un grand banquet à l'occasion duquel il remit de nombreux présents aux héros. Toutes ces richesses, principalement composées d'or et d'argent, furent directement déposées dans les coffres que les marins avaient justement utilisés pour dissimuler le trou dans le mur de leurs appartements. Le roi Tenochtucan tint ainsi à prouver qu'il ne leur en tenait aucune rigueur.

Flibus et ses amis se virent également proposer d'habiter la cité, comme d'autres explorateurs avant eux, mais ils durent refuser en raison de leurs obligations. Ils acceptèrent néanmoins d'y passer une nuit, puis, au petit matin, ils récupérèrent leurs armes et se laissèrent conduire par-delà la montagne pour rejoindre leur bateau.

En faisant une halte sur les hauteurs, ils se tournèrent un instant pour contempler une dernière fois la ville aztèque et sa grande pyramide recouverte d'or. Ils les cherchèrent alors du regard, mais elles avaient disparu comme par enchantement. Ils posèrent des questions aux guides et aux porteurs pour tenter de comprendre ce mystère, mais comme aucun d'eux ne parlait leur langue, ils ne purent obtenir d'explication. Déçus de ne pas avoir été accompagnés par Tayanna, ils repartirent finalement en direction du fleuve en pensant à cette extraordinaire histoire qu'ils allaient bientôt raconter à leurs amis restés sur *La Fleur de lys*.

Pour sûr, ils n'étaient pas près d'oublier leur séjour dans la Cité d'Or ni ses habitants qui les avaient accueillis comme des dieux.

DANS LA MÊME COLLECTION

ISBN 978-2-89595-301-2   ISBN 978-2-89595-302-9   ISBN 978-2-89595-303-6

ISBN 978-2-89595-293-0   ISBN 978-2-89595-379-1   ISBN 978-2-89595-442-2